摂食障害病棟　　大谷 純

作品社

摂食障害病棟

Contents

第一部　摂食障害病棟　5

プロローグ　6／出会い　7／心療内科病棟　9／由美という患者　12／カミソリとクスリ　14／理恵が気になったこと　16／理恵の原風景　18／大学生活　20／合コン　21／亮のこと　23／地中海クラブ　26／由美の病状　29／拒食の意味　32／小谷の苦悩　33／少女Sの死　36／あなぐら　40／探り合い　41／由美のチューブが抜ける　44／自治組織　46／過食の果て　50／盗難事件　53／賢者の部屋　55／麻衣の面会　60／理恵の困惑　62／退院の申し出　64／教師たち　68／子どもの発達段階　69／教育について　73／亮と大山　77／集団療法　81／千夏の病状　85／亮と理恵　87／小谷の困惑　89／摂食障害の生理　92／拒食の人類学　96／由美と拓也　104

第二部　それぞれの旅路　109

由美の外泊　110／祖母の家　112／救急病院　115／由美の変容　117／大山の隠れキ

リシタン　120／母性の考察　126／母性とマリア、そして浄土　131／エイと和子の葛藤　133／由美と母の聖なる空間　136／多重人格　140／認知論と精神分析　143／告解　147／フロイトの生きた場　150／A医師の治療　155／A医師の侵入　159／小谷の疑念　166／由美の魔性　169／罠　171／ヒステリー発作　173／理恵の決意　175／理恵の外泊　176／実家の小料理屋　178／リストカット　179／病院のベッドで　180／理恵の夢　181／理恵の船出　187／夢の意味　189／小谷の夢　190／夢とトランス　191／女神たち　197／由美の一族　199／亮の訪問　201／二分心　206／小谷のスタイル　208／あるべき姿と確かなもの　210／地中海と大山教団　214／旅立ち　219／エピローグ　222

◆記述・着想にかかわる主な書籍　225

あとがき　226

第一部　摂食障害病棟

プロローグ

心療内科病棟

外来から病棟へと続く
その通路は
寂《せき》とした深い森の
入り口にも似ている

その暗がりの中に
小谷は先ほどから
何者かが息をひそめて
こちらをうかがっている
気配を感じていた

小谷に
挑むように

あるいは
誘うように

出会い

その日の外来、小谷は最初の患者を診察室に呼んだ。

「宮里理恵さん、診察室にどうぞ」

カルテにつけられた大学病院からの紹介状によると、次の患者は入院希望の過食症の患者だ。

ドアを開けて入ってきた患者を見て、あっ、と小谷はこの日二度目の驚きの声をかみ殺した。

(今朝、コンビニで出会った女の子に違いない)

その朝、駅前のコンビニでいつも通り朝食用のミックスサンドの品定めに没頭している最中、小谷の目に、よく顔を合わせる近所の学生たちに混じって、妙にお尻の辺りだけにむっちりと肉のついた女の子の姿が飛びこんできた。何か太り方が不自然で、急に太ったからサイズの合わない窮屈なジーンズを買い換える余裕がないのでそのまま仕方なくはいているというふうだった。あまり気にもとめず、ようやく品定めの終わったミックスサンドとパック牛乳を手にして、レジに向かおうと振り向いたそのとき、彼女の右手に握られたガムがさっとジーンズのポケットに消えた。その目と、あっと思う小谷の目がかちあった一瞬、ポケットに消えたはずのガムは棚のもとの場所に戻っていた。女の子は彼に一瞥《いちべつ》をくれると足早に店の外に走り去った。

（そうだ、やはりあの子だ）

理恵の目にも少し驚きの色が浮かんだようにも見えたが、小谷の目の動きにつられたのか、取り乱した様子もなく、患者用チェアーに腰かけた。どうも理恵の方は、小谷との出会いに気づいていない。小谷は表情をさっと整えた。

（これが小谷先生か）理恵は男友達の亮から、「お世話になってみるといい」、と薦められた先生を目の前にして、ちらっとその顔に視線を飛ばした。

彼女はこの四月に地方都市から東京の大学に入り、マンションで一人暮しを始めた。入学早々ダイエットを始めて、五〇キロの体重を四五キロに落とそうとしたところ途中で止まらなくなり、四〇キロを切るまでに落ちてしまった。

その頃から体がだるくて学校にも行けず、過食が始まり、昼も夜も食べ続けた。冷蔵庫が空っぽになるほど食べ続けて、ついに体重が五五キロを超えたので、とにかく必死の思いで、亮が薦める小谷先生がいるという拒食や過食の治療で有名なT医科大学心療内科を訪れた。大学病院では、「小谷先生は今ここにはいないが、入院したほうがよい」と言われ、希望通りにということで、現在小谷がいるこの精神病院を紹介された。

一応の病歴を確認した後、小谷は、食事をはじめとする生活環境の立て直しが大切なこと、一人暮らしではそれがまず望めないことなどを強調し、確認のため再度「入院でいいんですね」と念を押した。理恵も、マンションにいてはダメだと思い、承諾した。

およそこんなやりとりの後、理恵の入院生活が始まった。小谷と理恵の週二回の面接の中でさまざまなことが語られた。

心療内科病棟

あれを食べてはいけない、これをやってはいけないと、入院生活ではガチガチの制限があるのだろうと覚悟していたのだが、案に相違して、理恵にとって、週二回の面接以外はほとんど自由な生活である。買出しのための外出も許可されている。もっとも病院には売店がないので、買出しに出かけないと彼女のように家族の面会がない人は生活してゆけない。ときどき、おやつを山ほど抱えた患者に出会ってたまげたりした。

理恵の病室は一階にあり、二、三階は精神科の閉鎖病棟になっている。一階には心療内科の女性用の四人部屋が三つ、男性用の四人部屋が二つ、他に二人用と個室がいくつか、すべて看護師の詰所に近いところにある。彼女の病室は四人部屋で、ほかの三人も拒食症と過食症の患者だ。みなそれほど深刻そうな状態ではない。あれほど荒れ狂っていた過食の嵐も入院以来この二、三日うそのようにぴたりと止まっている。あの苦しさは一体なんだったのかと思わなくもないが、治った気もしない。過食しないぞ、と無理に我慢しているわけではないが、カロリーを少し低めに設定された病院食を無理なく食べて、それで妙に落ち着いている。安心感があるのかもしれないが、小谷に聞くと「そんなもの」なのだそうである。

詰所から遠い病棟の奥は老人用の大部屋になっている。老人たちの中には寝たきりの人たちもいればホールまで出てきて理恵たちと言葉を交える人たちもいた。理恵たちがその真只中にいる人生の辛苦をすべて泳ぎ切って、やっとここにたどり着いた。そんな表情に見えた。

理恵自身は、そのような老人たちのなかにいると、なんとなく気分が落ち着いた。彼女の祖父や祖母は早く亡くなってしまったので、あまりはっきりと覚えていない。でも、かすかに一緒に過ごした記憶があり、それはなぜか、海の岸辺近くの小波のイメージとともによみがえる。岸辺で理恵が遊び、それを祖父母がにこやかに見守っている。

（でも、人生の終わりがこんな病院でさびしくないのだろうか？）

病棟をいつも一組の男女が並んで歩いていた。ヨネさんとゲンさんという八十歳を過ぎたカップルだが、足の不自由なゲンさんをヨネさんが支えるように歩いている。ヨネさんは消費者運動の女性活動家、ゲンさんはヨネさんの活動のターゲットになっていた日本を代表する企業の元会長だったのだそうだ。

理恵は、よく寝たきりの患者のシーツ交換を手伝った。看護助手に混じって老人の体位変換などやや専門的なことも手伝う。「自分の体調にさわらない程度に」と、注意をうながされながらだったが、運動らしい運動もしない病棟の中ではちょうどよい気晴らしにもなっていた。もう一人、亜季という女の子もよく手伝っていた。彼女は小学校の先生だ。

「私も、ここのおじいちゃんやおばあちゃん好き。可愛いものね。何でも許してくれそうな気がする。私の勘違いなのかもしれないけど。たくさんつらいことに出合ってきたんだろうにね」

亜季は、自分の病状や素性について多くは語らなかったが、現在学校を休職中の身である。

「認知症系の施設や病棟は小学校より幼稚園に似ている。あるいは入所している人たちは小学校を高学年から低学年に向けて逆向きに歩いている。小学校から中学校、青年期に向かって、人は現実生活を乗り切るためのいろいろな態度や規範を身につけていくんだけど、人生の終末にさしかかるとふたたびその人を作り上げている根源的なものがたちあらわれてくるのよ」

彼女はこんな風に、妙に悟ったようなことを言う。

庭を散歩していると、よく精神科病棟の患者に出くわす。看護師に付き添われて作業をしたり、散歩をしたりしているのだが、みなゆったりした顔に見える。

この人たちは、苦悩の果てに、コントロールし切れない自分の感情や葛藤と折り合いをつけるため、薬を使用することで、とりあえずの平和を得ている。すべての薬は本質的に毒の側面を持っている。人工的に体の中の何かを変える力を持っているわけだから、その毒は、食物に含まれるものよりもいくらか強いはずである。また、精神病薬は、必然的に多少なりとも麻薬としての側面を持っている。好きこのんで薬剤を使う人は少ない。みな何かと引き換えに薬を使うのである。薬とは実にさまざまな付き合い方がある。

アメリカの作家で麻薬常用者でもあるウイリアム・バロウズの言葉を借りれば、麻薬の行き渡っていたコロンビアでは、一九五〇年代の一時期まったく精神病者がいなかったのだそうだ。バロウズ的に言えば、精神科病棟にはコロンビアが広がっている。

また次のようなこともいえる。現在でも世界中のほとんどすべての社会で精神を安定させるために薬物が使用されている。欧米型の社会もその例外ではない。そして、日本もその中に含まれる欧米型の薬剤管理、使用システムが、歴史的にみて最も優れたものなのかどうかを検証する手段は、正直なところ、見当たらない。

由美という患者

心療内科の若い患者たちもみな静かである。社会や学校からはじき出されて、じっと心身の痛みが癒えるのを待っている。そんな風情がある。昼間は学校に行ったり、アルバイトに行ったり、自宅に帰る人もいて病棟内は閑散としている。ベッドに寝ている人もカーテンを引いているので、病棟を歩いていてもあまり人に会わないが、夜になると、みんなホールに出てきてひそひそ話を始める。明け方までひそひそやっている人たちもいる。しばらくすると、理恵もだいぶほかの人たちの顔がわかるようになってきた。

そのなかに、一見して明らかにほかの人たちと比べて状態の悪い拒食症の患者がいた。由美である。彼女は、チューブで固定された補液パックのぶら下がった点滴台を押しながら、病棟の中をゆらゆらと歩いている。小谷は、由美とだけは、毎夕、薄暗がりの中で面接をやっている。理恵は、診療時間が終わり、診察室と受付の明かりも消えて薄暗くなった外来待合室で、小谷医師と由美が必死の形相でやり合っているのをよく目にした。

昼間に病棟でゆっくりしている人が少ないため、理恵と由美はじきになじみになった。由美の表情はあどけない。

「由美ちゃん、なかなかチューブが抜けないね。頑張って食べてるのにね」

「食べたもの、吐いちゃうんだもの」

「吐いちゃうんだ」

由美のあっさりした告白に理恵のほうが面食らった。

「だって、太りたくないもの。太るのこわいもの。みんな、やってるよ。理恵さんも太るの、いやでしょ?」

「まあ、そりゃそうよね」

「吐くの、最初は苦しいけど、気持ちよくなるよ。吐き方教えてあげようか」

「そうね。どうやるの?」

あまり覚えたくはなかったが、ここは調子を合わせなければ、理恵はそう思った。

「こうやって、人差し指と中指を口の中に入れて、ぐいっとやるのよ」

「こう?」

「そうそう。わたしなんか指にたこできちゃってるよ」

「ずいぶん前から吐いてるの?」

「そう。きつくなったり、楽になったりするけど、前から同じようなことやってる。吐くのがきついときは泣きながら吐くこともあるし、うれしくなって、これしかないと思うときに吐くこともあるの」

「お友だちみたいなものね」

とてもさびしいんだろうな、理恵はそう思った。そして、今のところ自分は吐くこととはお友だちになれないな、とも感じた。

「意識をなくして気がついたらここにいた。帰ろうと思えば、体重を増やさなければいけないから、吐くのをすこしは我慢できると思うけど、最近点滴で太ってきたから、つらくなって、また少し吐いているの」

「先生にはそんな話はするの？　吐いてるの、知ってるの？」

「知らないかもしれない。知ってても『吐いてるだろ』とは言わないと思う」

薬との付き合い方と同じく、医師との付き合い方も人それぞれだ。由美は、どうも小谷にあまり肝心なことを話していないようである。由美の一見幼稚な言動のうらに、人を探るようなしたたかな態度が見てとれた。とても謎の多い女の子だった。

「由美ちゃんのお母さんってどんな人？」

不用意な質問に、由美は口をつぐんでしまった。

問うたあとで、理恵は、しまったと思った。そんなこと自分が聞かれても答えられるわけがない。そして、母親の佳代のことを思い出してしまった。胸苦しさとともに。

カミソリとクスリ

理恵は佳代と一緒にいるとき彼女の苛立《いらだ》ちと空虚を強く感じた。弟の光一を見るときの佳代の視線がとてもいやだった。小さな光一に甘えるような、それでいて早く男になれと強いるような視線。その視線に耐え切れなくて居間を出て自分の部屋に上がる。その日も居間にいるのがいやで、彼女は自分の部屋に上がり、カミソリを持った。そしてカミソリを左手首に当てる。

あるとき小谷に「手首にカミソリを当てるとどんな気分になるのか」と尋ねられたことがあった。カミソリを当ててすっと引くと意識が裏返るような気がする。意識が裏返ると普段は無意識の陰にひそんでいるもうひとつの意識が跳梁《ちようりよう》する。そのとき言い知れぬ解放感とうしろめたい快感を覚える。それは積極的な快感ではなかったが、緊張感と不安と怒りの感情が高まるとき、ささやかな痛みが陶酔と安らぎをもたらしてくれた。そして、高まる怒りの感情をやわらげてもくれた。

頭のなか、こころのなかで、なにかがたしかに動く。それは、自分の何かを意識の向こうに生贄《いけにえ》として差し出す行為ではあっても、死のう、と強く意識したことは、一度もなかった。ただ、手首にカミソリを当てるとき、たしかに意識のなかに「死」という向こうの世界につながるものが混じっていることにはなんとなく気づいていた。こちらの世界への決別と、あちらの世界への憧憬。

話に耳を傾けながら、理恵は、小谷が「つまりリストカットって本質的に薬とそれほど変わらないってことだな」とつぶやくのを聞いた。

理恵を追うように光一が階段を上がってくる気配。光一の息遣いが聞こえてくるようだった。いつになくぞっとした。その時、カミソリを持つ手にぐっと力が入ってしまった。ぬっとのぞいた光一の顔はかすかに覚えていた。気がつくと救急病院のベッドの上で、心配そうにのぞき込む佳代と光一の顔があった。（なぜ、いつも母さんと光一が一緒に……）このとき理恵は高校を卒業したら家を出ようと決意した。

いつからか、「私はもうこの家にはいられないんだ」そう思うようになった。家からの決別。母と光一。そして、この家に存在する意味のない、私。

理恵が気になったこと

理恵は、小谷には案外無理なくさまざまな話ができる。小谷のなかに、自分と共通する何かを感じることができた。深い空しさ、空虚とでもいえる何かである。

面接では、病院の中での出来事から、生い立ちから、今の病状から、いろいろなことが話し合われる。

あるとき理恵は、二階の患者の気になる行為について尋ねた。髪に白いものが混じり始めた、初老の統合失調症と思われる女性患者なのだが、一日に何度も胸の前で手を合わせて、呪文のようなものを唱えながら、激しく両手をこすり合わせている。そのこすり方が尋常でなく、恍惚とした表情で一心に、ただ一心にこすり合わせている。

「ああ、あの人ね。白根ばあさんだね」

くっくっと少し含み笑いを浮かべながら、小谷は逆に理恵に問いかけた。

「何をしているように見える？」

「さあ、よくわかりません。でも、上下ではなくて、前後にこすっていますよね。とても不思議な気がします」

「そうだね。火でもおこそうかとしているようにも見えるよね」

「火？　ですか」

小谷は、理恵の疑問に直接には答えなかったが、ひとつの詩をそらんじてみせた。小谷は、この患者の行為を見るにつけ、ある連想に浸るのだった。それはガストン・バシュラールの『火の精神分析』の中に記されたひとつの詩篇からはじまる。

冬の温灰《ぬくばい》の下
心魅せらるるは低き声
埋れ火にも似たこの心
消えなんとして歌う
ツゥーレ

ばあさんはやはり火をおこそうとしているのだ。恍惚にいたるほどの集中、トランス、祈りにも似た。そうだ。祈りなのだろう。性的な祈り、小谷はぼやっとそんなことを考えた。棒を木切れや板にこすりつけること自体、かなりセクシャルな行為に見えなくもない。男性の場合だと、手に棒を握り締めてこすりつけることは、すでに自慰的な意味合いを持つ。女性の場合はどうなのだろう。体同士の激しい摩擦。そう。彼女は両手を摩擦で焦がすことによって、意識のかなたに去ってしまった何かを呼び戻そうとしているのだ。再び火をおこそうとして。

理恵は、小谷が面接の最中に夢想にふけるようにぼーっとしてしまうのを見てとった。

理恵の原風景

「今日は〇〇について話そう」と軽く促して、いつも小谷は理恵の口が開くのを待っている。しばらく沈黙が流れたのち、理恵はぽつぽつと話しはじめる。彼女の頭の中にさまざまな情景が広がっていく。その日は実家の風景。

実家は地方の港町で小料理屋をやっている。父は早死にした。彼女が自分の部屋にいると、幼い光一が入り込んでくる。部屋ばかりか、理恵のスカートの中にまで入り込んでくる。光一は理恵の体にさわったり、スカートの下からじっと外を見ている。うるさく思って追い払っても、またすぐにやってきてスカートの下からじっと外を見ている。

でも、いつからか光一はスカートに入らなくなった。そして、そのころまで光一をまったく近づけなかった佳代が、つきっきりで光一の面倒をみるようになった。

理恵は父をよく覚えていない。理恵たち一家が暮らしたのは漁と港の街である。父は船上での単身の暮らしが長かった。光一が生まれてまもなく死んだという。海照りのまばゆい光を背にして、「さあ」とこちらに手を伸ばす父の姿を理恵は夢で何度も見た。甘美な幻影に包まれてうとうとするとき、理恵は至福の安らぎのなかにいた。母に、「光一は父さんに似ているの？」と尋ねても、「どうかねえ。いや、父さんはね……」と言いかけて、表情を硬くした。写真で見る限り、父の面影は、理恵により濃く残っている。

「あまり、実家や光一君がいやじゃなかったんだね」

理恵は大切な事を思い出しそうになっていた。それはたぶん、理恵と佳代と父についての情景だった。しかし小谷の一言で、ふっと現実に引き戻された。小谷の一言は、ときとして、意味不明で恐ろしくタイミングが悪い。

「ええ」

宙ぶらりんな気持ちのまま理恵は現実に引き返してきた。そして、ぼやっと思った。

（いやじゃなければ、この解放感は一体何なのだろう。やはり家はいやだったな。いや、今はもうあまり解放感などないな。また何かにしっかり縛られはじめている）

父への甘美な気持ちが遠ざかる残念な心地のなか、理恵の意識は今の大学生活に流れていった。

大学生活

理恵は四月、Y大学の文学部に入学した。1DKのマンションと講義室を往復する単調な毎日だったが、自分の部屋にぽつんといると、解放されたような幸福感が満ちてくる。

はじめの頃、このままの生活が繰り返されて大学四年間が終わってしまうのではないか、と思われるほど単調な毎日でも、理恵は十分満足していた。友達もほとんどいなかったが、近くの学生マンションにいる同じクラスの麻衣とはよく気が合い、二人で日用雑貨の買出しに出かけたりした。

渋谷のデパートのアクセサリー売り場での出来事。店を出てしばらくして、麻衣が理恵の耳元に口を寄せる。

「あなた、すごいことやるのね」

「すごいことって?」

「?? 右のジーンズのポケット!」

麻衣は目を丸くしている。理恵はそう言われて、右のポケットをさぐった。正札がついたままの綺麗なバンダナが二本出てきた。

「あっ!」

「あっ、じゃないでしょ。あんたがやったんじゃない。私、見てたんだから」

麻衣は一人で興奮している。理恵は呆然としながら、

「ときどきこういうことが起きるんだけど、自分にはその瞬間の記憶がない」

そう弁解した。

理恵より活発な麻衣は、よく合コンの帰りに彼女のマンションに寄った。コーヒーを飲みながら、その日に行った店の雰囲気とか、居合わせた男の子の話を、ほとんど一人でしゃべりまくり、そのまま眠ってしまったりする。理恵もそれがいやではなかった。

五月のゴールデンウイークが終わったころ、二人で一緒にダイエットをはじめた。特に理由はなかったが、みながやっているからだ。麻衣は早々に脱落したが、理恵は続いた。

「集中力あるわね」

麻衣は感心しているが、理恵は、自分の意志の力で体重が減り続けているのではないのに気づいていた。食べようと思っても食べられないのだ。逆に、夜中に起き出して満腹感のないままパンやスナック菓子をいつまでも食べ続ける。こんな困ったことがはじまっていた。

合コン

理恵が麻衣に合コンに誘われたのはちょうどそんな時だった。

「頼むわよ。メンバー足りないんだから。それに『あなたを呼んできてくれ』ってリクエスト付きなんだから」

理恵はしり込みしたが、麻衣は強引に約束を取りつけた。彼女が連れていかれたのは、下北沢の駅前から北に向かって少し路地に入った辺りの店だった。

中に入ると、さまざまなグループが同じ料理を前にして、ビールを片手に、がやがや盛り上がっている。その声が一つの木霊《こだま》になって空間を占拠してしまっているので、みなが口を開けてけたたましくやっているのに、一人一人の口元を見ていても何を言っているのかさっぱりわからない。そんなグループをいくつか抜けた奥に二人を待つ一群がいた。そのテーブルにもほかと同じ料理が並んでいる。多分、この店で一番リーズナブルなコース料理なのだろう。

「やあ、こっち、こっち」

手招きした男の子をはじめ、それまでてんでにしゃべっていたみなの目が、一瞬理恵に集まった。「よろしく」と会釈してあてがわれた席にすわり、麻衣が、メンバーに彼女を紹介する。しばらくすると、みなまたそれぞれの会話にずるずると崩れるように戻っていった。麻衣が全員の名前を教えてくれた。理恵がそれぞれの顔を緊張した面持ちで確認していると、斜め向かいの男の子が話しかけてきた。

「ぼくもY大学なんですよ。仲良くしましょう」

亮というその男の子は、ときどき理恵と講義が一緒になるはずだ、と言う。彼女を呼んでくるように麻衣に依頼したのは、どうもこの亮らしい。「一番遠い所に座っているK君もY大学だけど、理工系だから君とは講義が一緒にならない」とか、A大学はどうの、B大学はどうのとしゃべり続ける。理恵もそれなりに受け答えをしていたが、しばらくすると突然、話を麻衣に振って、今度は二人でしゃべりはじめてしまった。きょとんとしながらみなの様子を観察してみると、どうも男女とも半数は初顔合わせのようだ。あちこちで話がかみ合わなくなると別の人に話を振って、また自己紹介がはじまる。そんなふうに取りとめなく続いている。様子が飲み込め緊張が途切れて、少し食べようと料理に目を移した。エスニックふうの国籍不明の料理。さまざまなものが煮込まれたブイヤベースを思わせる深皿。少し口をつけてみるとオリーブの風味。その瞬間、意識がその場からずり落ちそうになったが、はっとしてまた会話に戻る。そうこうしているうちにお開きの時間となり、亮が「携帯の番号とアドレスを教えてくれ」とメモ用紙を渡してきた。理恵はうその番号を渡して帰った。

亮のこと

翌日の講義室。ほお杖をついたままぼーっと入り口の方を眺めている理恵の視界に、無造作に教科書とノートを抱えて茶髪を揺らしながら講義室に入ってくる亮の姿が飛び込んできた。理恵に気づいたようだが、少し手を振っただけで、友人らしい男の子とかなり離れた席に座ってしゃべりはじめる。近頃は体がだるくて、講義にも身が入らない。頭の一部分だけ体から切り離されて、せかせかフル回転していて、ほかの身体の大部分にはまったくエネルギーが届いていないような、ドボンっとした不快な感じが続く。そのため講義を聴いているのがひどく苦痛なのだ。なんとか講義が終わって振りかえると、亮は茶髪を揺らしながら講義室を出るところだった。理恵は、その後ろ姿をぼーっと見送った。

その日、麻衣は休んでいた。帰りに彼女のマンションに寄ったが、部屋の鍵がかかったまま。次の日も、その次の日も、麻衣はずっと学校を休んでいる。講義はよくサボるので、それほど気にもとめなかったが、マンションにもずっといないのはなぜだろう。クラスで唯一の相談相手である彼女の行方が知れないのは、理恵にとって大きな不安材料である。

翌週、講義室でノートを広げていると、うしろから、「やあ」と声がする。振り返ろうとすると亮が隣の席にやってきた。

「この前は楽しかったね。また、やろう」

亮は先日のコンパの話を始める。理恵は別に楽しくはなかったのだが、講義室で男の子と話すことなど初めてだったので、どぎまぎした。

「先週配られた参考プリント、忘れちゃったんだ。見せてくれないか」

亮がそう言うので、理恵は少し横にずらして見せてやる。講義が始まると、亮はノートを取る合間に、ひっきりなしにメールを打っている。ひょっとして麻衣のことを知っているんじゃないのかしら、ふとそうも思ったが、尋ねることはしなかった。理恵は家でなじんだ光一と別の香りをほのかに感じて、彼の横顔を盗み見た。亮はそ知らぬ顔。

「ノートを取りそこねているところがたくさんあるんだ。夜、君のマンションに行くから、写させてほしいんだ」

講義が終わると、亮の誘い。

「え！」

理恵は思わずギョッとする。

「君のマンション、知ってるよ。今晩行くからね」

亮は足早に去ってしまった。

理恵の部屋は完全に過食の巣になっている。スナック菓子やサンドイッチやペットボトルがところせましと転がっている。食べ残しは次の朝まではきれいに片付くが、容器はうずたかく積まれたまま、あちこちに散乱している。まず、これを始末するのがおっくうである。近頃では体も重くて動きにくく、倦怠感もひどいので、掃除も一苦労といった有様だ。おまけに、夜というのは過食のゴールデンタイムだ。好きで食べているわけではないが、これを邪魔されるのは、大いに困る。でも、とりあえず片付けは済ませた。いつ来るかと待っていると、亮は八時頃、ショートケーキをぶら下げてやってきた。

「君の教えてくれた番号、間違ってるじゃないか。連絡してから来ようと思ったんだけど、ひどいなあ」

亮はブツブツ言っている。理恵は彼に麻衣の行方を尋ねてみたが、「知らない」とそっけない。亮と麻衣は大学の「中世の歴史と文化研究会」で一緒なのだそうだ。略称は「地中海クラブ」。

「なに、それ？」

「小人数でメンバーは変わり者ばかりだよ。個人的な同好会だから学友会からお金も出ない」

「どんなことやるの」

「中世って、人間性の大きな曲がり角だったんだ。ぼくたちは曲がり方を間違えてしまったんだ。そんなことを考えてる」

らしくない話の内容に、理恵は吹き出しそうになる。とりとめなく一時間ほどしゃべると、ノートを借りて、亮は帰ってしまった。理恵はまた食べはじめる。亮がいない部屋の中でショートケーキは、あっという間になくなった。ショートケーキで弾みがついてしまって食べ続け、フウフウいっているうちに、その夜が白んだ。

地中海クラブ

何日かしてまた亮がやって来た。理恵は部屋の入り口に立つ彼を見ても、その姿にピントを合わすことができない。

ハアハアッとしんどい。

「何をぼやっとしてるの？　具合でも悪いの？」

頭の焦点が合わずにイライラしている彼女の横にすわって、亮は部屋の中を見回した。理恵は気力をふりしぼって彼の話にピントを合わせた。

「別に。この前、おもしろいこと言ってたわね」

「どんなこと話したっけ」

「わたしたちは曲がり角を間違えてしまった……」

「ああ、あれね。そうそう、ぼくは曲がり角を曲がりそこなったから、ノートを取りそこなった」

　亮は必死に差し出されたノートを写している。理恵は押入れの端からはみ出したペットボトルを見つけて、しまったと思う。亮もチラッとそちらに視線を走らせる。

「いつも、部屋をきれいにしてるんだね」

「そんなでもないでしょ」

「ハムスターでも飼ってるのかい」

　理恵はぎょっとした。彼の視線の先に、ひまわりのタネにとうもろこしのクズ。菓子やパンなど炭水化物をしこたま食べた後、口直しにおつまみスナックを食べるのだが、ハムスターのえさも案外いける。

「ねえ、どうしてコンパに私を誘ったの？」

「きみが『地中海クラブ』向きの顔をしてるからさ」

　亮は笑っている。

「今からうちに来ないかい。資料がある」

　あらら、と思いながら、ま、おもしろいか。

　亮のマンションのドアをあけた。案外きれいに片付いていた。目立つものといえば食べ残しのコンビニ弁当と「私たちのクリーンな地球を取り戻そう」というチラシの束。部屋の片隅に服が山積みになっている。そのなかに見なれた麻衣の赤いセーター。

「麻衣もここに来るのね」

「今はどこにいるのか知らない」

おびただしい本の山の中に、Ｆ・ブローデルの『地中海』。その第一巻を手にとって、理恵はしげしげとながめた。

「何、これは？」

「それが『地中海クラブ』の呼び名のもと。『地中海』はエコ・サークルも兼ねてる」

「ぼくはね……」

亮は自分のことを話したそうに見えたが、「あまり気分が良くないから」と、早々に理恵はいとまを告げた。

「だいぶ調子悪そうだね」

「ええ、ちょっとね」

「君、過食やってるんじゃないの？」

突然の切り込み。

「…………」

「いや、ぼくの姉がそうだったからね。なんとなくそうじゃないかな、と」

亮は、姉がかかっていたＴ医科大学の心療内科の先生を「あまり困るようなら」と紹介してくれた。「付き添って行こうか」とも言ってくれたが、「もう少し様子を見たいから」と理恵は、申し出を断った。

「そうか。お大事に。ぼくなんか生まれてこのかたずっと調子悪いみたいだよ」

亮はもう少し自分のことを話したそうだった。

次の日から疲れが出るような感じで、ますます体がきつくて、理恵はついに学校にも行けなくなった。食物を確保しなければならないので、辛うじてコンビニまでは出かけるが、それが精一杯だ。

しばらくコンビニとマンションの往復を続けたが、麻衣ともさっぱり連絡が取れず、理恵は、ついに観念してT医科大学を訪れたのだった。

由美の病状

多摩東方病院のある辺りは、緑陰の濃いところである。近くにいくつかの大学のキャンパスがあり、その広大な緑地が、さらにいくつかの公園につながっていく。病院そのものも深い木立のなかにあった。小谷はいつも昼休みに、キャンパスに向かって散歩に出かける。キャンパスまでの道中には広い畑を持つ家が多く、その間をぬうように歩く。かなり坂も多い。遠くまで歩くのがたいぎだな、と思うときには、途中の喫茶店でコーヒーを飲みながら、散歩を続けるかどうか考える。彼はこの時間が好きだった。患者のことをぼやっと考えていることもあるし、半年前に出向した大学の心療内科の医局のことやもっとプライベートなことに思いがいたることもある。もっと遠い昔のことも。遠い昔の大きな出来事。

今は由美のことがひどく気になっていた。

小谷は悩んでいた。彼が治療を失敗してしまった女の子たちの姿が目に浮かぶ。病院に来ないなと思っていたら、自宅で衰弱死しているのを発見された人。途方もない過食をしたあと、吐くつもりが吐けなくて、お腹がパンパンに張ったまま彼や病棟スタッフの目の前でなすすべもなく悶死した子。

拒食症の身体症状は、標準体重のマイナス一五（二〇とする説もある）パーセント以上の極端な体重減少からくる低栄養状態が直接・間接の原因となる。心臓血管系の障害が直接的に生命にもっとも危険を及ぼす。突然死も決して珍しくない。突然人生を終えることも起こりうるのだ。

つぎに女性性の喪失。端的には無月経として現れるが、月経の消失は彼女たちが獲得しかける「女性」にストップをかける。これは「女性としての自我」の形成への拒否回答と見る向きもある。とにかく彼女たちはそのような世界にいる。

小谷は、点滴チューブを引きちぎって大事故になってしまった子のことを思い出していた。

「まずいな。このままじゃ、あの子死んじゃうぞ」

由美は二週間ほど前、ひどい栄養失調のため意識がもうろうとした状態で、病院に担ぎ込まれてきた。骨と皮のすき間の行き場を失ったわずかな水分が青白い皮膚にかすかな湿り気を与えてはいても、二九キロの体のどこを見回しても、ほとんど肉と呼べそうなものは見当たらなかった。

チューブによる人工栄養をはじめて二週間で五キロほど太り、意識もはっきりしてきた。意識がはっきりしてきて、由美が少しそわそわし出したのが、そばで見ていてもわかるようになった。太ったと感じはじめているのだ。

「先生、チューブいつ抜いてくれるんですか?」

「まだまだ、ダメだよ。体力回復してないだろ」

「大丈夫。ずっとこのくらいの体重でやって来た。これ以上重くなったら、だるくて動けないし、第一、わたしじゃなくなっちゃう」

「ダメダメ。もっと体力に余裕をつけなきゃ。少しお腹こわして下痢しただけで、もう少しで死んじゃうところだったんだよ。入院前のこと覚えているかい?　わかるだろ。食べて体重を増やさなきゃ、チューブは抜いてあげられない」

「でも、太るとわたしじゃなくなっちゃう」

「変わらなきゃ。自分を変えるんだ。いや、変えるんじゃなくて自分を取り戻すんだ」

「取り戻す?」

「そうだよ。ずっと以前の君はこうじゃなかっただろ」

これは、小谷が常套手段にしている文句である。患者の以前の姿がよくわからなくても、有効な場合があった。

由美は、小谷の目をのぞき返した。小谷は由美の目をのぞきこみながら語りかけた。

「ずっと以前っていつなんですか?」

小谷の目にわずかに戸惑いの色が浮かんだ。

由美は、小谷が何もわかってないいんじゃないか、と疑っていた。（小谷の言っていることは逆なんじゃないのか。自分はたぶん今の自分を変えないために吐いている）由美はそう思った。

「わたし、どうでもいいんだけど、生んでくれって頼んだ覚えはないいんです。だから死んじゃってもいいの」

「私も母親に生んでくれって頼んだ覚えはないぞ」

「………」

小谷は、由美の目をもう一度鋭くのぞき込んだ。

拒食の意味

拒食症は不思議な病気である。がんばり屋さんの女の子に多い。ダイエットが誘引になることが多い。「これ以上やせると危ないよ」という体からの警告を無視してがんばって栄養失調状態を続けてしまうと、心身が気力だけではどうにもならない生理的反応ゾーンまで落ちてしまう。つまりある程度以上に栄養の落ちた状態が続くと、体内代謝の極度の停滞のため食べようにも食べられなくなる。これが拒食である。そのあとゆりもどしとしてひどい過食の嵐がやってくる。彼女たちは自己嘔吐、下剤、利尿剤の乱用を繰り返しながら、一晩中冷蔵庫が空っぽになるまで食べ続ける。彼女たちはひたすら食べ続け、ひたすら吐き続ける。

成熟への抵抗あるいは自分にかかわるものへの拒否反応。つまり自我獲得への拒否回答。拒食はそうとらえられることもある。彼女たちは、元来とても潔癖で自責感が強く、自分の意志でコントロールできないものと共存することをとても苦痛に感じる。人体レベルでもそのことはいえる。人体が栄養素を体内に取り込もうとするとき、体はすべてを受け入れるのではなく、取り込むものを選別する。これは一種の防衛である。彼女たちの拒食・嘔吐はあまりに過敏で強烈な自己防衛行為には違いない。でも、なぜそこまで多くのものを拒否してしまうのか。

彼女が生きてきた道中に獲得したさまざまなものの多くは、彼女が生きていくために、仕方なく獲得せざるを得なかったものである。

しかし、誰にとっても、生まれることは受動的であり、生きることはどうしようもなく能動的な作業なのだ。

小谷の苦悩

小谷は思った。彼自身も苦しくて仕方がないとき、幾度となく「誰も生んでくれと頼んだ覚えはない」と叫びたくなる衝動にかられたように思う。たしかにそんな瞬間は何度も味わった覚えがある。

逆に、こんなふうにも思った。自分も、若いころ身につけたものの多くは望んだからではなく必要に迫られてのものだったにはちがいない。でも、人生も半ばを過ぎた今ごろになって身につけているものが窮屈に思えることも多く、少しずついろんなものを捨てて自分にふさわしい何かに還ろうとしている。自分の中のいろいろなものの吟味をはじめている。

じつは、これは、彼女がやっているのと同じ作業なのではないのか。自分も同じことをやっているのではないか。彼女ほど純粋で劇的でないだけである。（すると、私は自分の影に何かを語りかけているだけなのか？）小谷は自分の言っていることの意味がよくわからなくなってきた。自分も以前からそうだったではないか。由美に語りかけながら、小谷は、ふっと考えた。

そのようなもやもやを感じるとき、自分は一体どうしていたのだろう。そんなとき、必ずひとつの作業をくり返した。それは自分のあなぐらに還る作業である。

あなぐら。あなぐらの様相は、ときとともにさまざまに変化する。とにかく、すべての緊張感を解いて、じっとうずくまったままでいられる、自分にとって最も根源的なものが満ちた空間。なぜこうなったのかを問い直すことができる空間。傷を負った動物が、月明かりを見上げながら、あなぐらのなかで、じっと傷が癒えるのを待っている。そんなイメージだろうか。

そして小谷は、このとき、あなぐらのイメージにひきずられるように、ずっとむかし彼が抱いた苦悩へと落ちていった。

小谷は、心療内科の門をたたく前にはがん治療に携わっていた。小谷は真剣だった。小谷ばかりでなく、大学病院全体が真剣だった。医師たちは薬の効き方をみながら、患者の余命をある程度推測することができた。そして自分の使命に真剣だった小谷は、あるとき患者の意識の問題に気づいた。

臨床の現場では絶えず告知が問題になる。当時の日本では、告知「しない」のが当たり前だった。現在は患者の希望を確認してだが、「する」のが当たり前になりつつある。しかし、いつの時代にも「する」「しない」はとても微妙な問題には違いない。

より現実的には、あとに障害を残すような強い治療ははっきりと病名を告げて患者に実行の判断を仰がなければ簡単に訴訟になってしまうという実態がある。この問題もあり、アメリカではすでにかなり告知が徹底していた。

もうひとつ、この告知に向かう動きの根底には、「自分の身体に関する自己決定の権利」が浸透しはじめていたことがある。医療にかかわる自己決定そのものは、臓器移植や生殖医療における生命倫理の観点から非常に複雑な様相を呈しつつあるが、がん死つまりターミナルケアにおける議論は比較的シンプルではある。

がん治療において、病名告知と現在の状況のわかりやすい説明つまりインフォームド・コンセントがなされない場合、患者の自己決定内容と医師の考えた「患者の利益」とが対立するときに、このことは、もっとも深刻な問題になる。つまり、「がんと教えてくれなかったばかりに、私はやり残したことができなくなってしまった」と訴えられる場合である。

でも、告知したとき、大きな不安と死にゆく自分を受け入れる心理的な荷を背負わせた患者のサポートを、多くの医師は、やり通すことができるのだろうか。あるいは医療を取り巻く社会の仕組みはそれをサポートすることができるのだろうか。

いずれにしても、小谷ががん治療医として勤務していた当時、日本では、「自己決定の権利」については、「がんだという情報を患者に与えることは、本人に与える苦痛を考えると適当でないと判断されるため、本人ではない適当な肉親に伝える」ことが妥当であり、一般常識とされていた。たしかにひとつの見識である。しかし、これでは、患者の自己決定内容と医師の考える「患者の利益」をすり合わせることが、かなり難しい。

少女Sの死

小谷はこのことについて非常に苦い経験を持つ。大学病院で、彼は血液のがんともいえる急性白血病のSという少女を受け持っていた。この病気は進み方が早く、貧血・出血・感染と多彩で急激な展開をみせるため、がんのなかでもとくに病人の活動を著しく制限してしまう。

当時この病気に対しては、まだ現在のような血液細胞をがん細胞ごとすべて圧殺したあと骨髄を移植する療法は行われていなくて、体調をみながら周期的に抗がん剤を投薬して、あわよくばがん細胞が衰弱して消滅するのを「祈る」方法しかなかった。したがって、白血病を告知することは、「死」を告知することになる。

Sは音楽家への道をめざしていた。闘病生活のなか、ピアノの練習を続けていた。抗がん剤を投与すると、がん細胞ばかりでなく、正常の血液細胞もひどく減ってしまうため、貧血傾向をはじめとしてさまざまな症状が出現する。ほかの臓器にも影響を与えるため、食欲がなくなったり、吐き気がしたり、倦怠感が強くなったり、体調を整えるのが難しくなる。そのなかで注意集中を保つのはなかなか容易ではない。

Sは、自分は話に聞く白血病なのではないのか、と疑っていた。Sは、はっきりと小谷に「自分は白血病なのか。そうならそうと教えてくれ」と願い出ていた。しかし、小谷は少女に死の宣告はできなかった。Sの親には告知について確認を取ったが、親も「そんなことを言ってもらっては困る」と言う。でも、彼女が自分の意志でそこまで願い出ていたのだから言うべきだったのかもしれない。

Sには間近に発表会がひかえていた。彼女の体調はかなり落ち込んでいた。もういくばくも余命がないのではないのかと疑っていた。だから、生命最後のフォーカスをどこかに合わせなければ、と思いつめていた節があった。それだけに、Sは小谷に病名の告知を迫ったのだろう。

小谷も、告知について悩みながら、彼女にどこかでそろそろ最後の舞台を用意しなければならない予感を抱いていた。ただ、小谷は、半年後にもSには別のもっと大きな発表会があることを知っていた。発表会には厳しく根を詰める必要がある。小谷は、その当時のSの体調では厳しい練習をこなすのは無理だと判断して、今回はあきらめて、必ずよくなるから次に延ばそうと提案した。次の大きな発表会に照準を合わせるつもりだったのだ。Sは苦しげだった。彼女はあきらめたが、体調は回復せず、最初の発表会の数日あとに亡くなった。

小谷はうめいた。死期を読みきれなかったのは、告知の有無とは直接関係のない話だが、ひとりの少女を、外に開かれない暗い意識に閉じ込めたまま、その生命を終えさせてしまったのではないか。そんな後悔の念が彼女に重くのしかかった。やはり話すべきだったのではないか。これは小谷のなかで厳しいトラウマにもなった。

この件が小谷に重くのしかかったのは、Sの死が彼のもっと古い消すことのできない過去と結びついたためでもある。小谷は娘を病気で亡くしていた。娘はまだ幼く、彼ががん治療に携わり始めたころのことである。Sの件のあと、彼はすっかり自分がいやになった。自分の無能さ無力さに呆れ果て、がん治療と決別して、大学をあとにした。そして、市中病院の勤務を経て、心療内科の門をたたいてこの世界に深く潜った。

小谷は心療内科のさまざまな分野のなかで、まず生と死を患者とともに紡《つむ》ぎだす作業に大きな興味を持った。

患者が死にゆく病気である場合、その病状の変化と予後をより細かく予測できるのは、ほかならぬ医師である。これは近代医療であろうが、呪術師であろうが同じで、基本的に医療の知識と経験にもとづく。したがって、作業をよりよく運ぼうと思えば、医療者が情報を慎重に提供し、医療者と患者がより深く語り合う以外に方法はあるはずがない。そこには入念な話し合いが介在する。それが死をともに紡ぎだす作業である。

でも、ざっと見渡しただけでも、この共同作業は現代の医療のなかで欠如している、と思わざるを得ない。そこには二重の意味で大きなものが抜けている。

ひとつは患者の「個」への洞察の欠如である。洞察するにはじっくりした話し合いが前提になるが、少なくとも大学病院では、なかなかその場と時間は与えられない。それは大きなシステムの中で動くときにはある意味ごく当然のことなのかもしれない。考える時間をかけないためにシステムがある、といっても言い過ぎではない。それにしても、小谷の「もっと心の深くに語りかけなければならないのでは」という焦燥に対して、大学病院では、不気味なほどの無関心が覆っているように思える。大学病院でも、もちろん詳細な説明は行われる。でも、多くの場合それは先鋭的な治療法の導入を患者に納得させるための「説得」でしかない。まるで「自己決定」が人質に取られているかのようだ。これは、近代が「個」の確立を目指して突き進んできたことを考えれば、言い逃れしにくいのではないか。近代に続く現代が前近代的な方向に向いてしまっている、といわれても仕方がない。

そしてもうひとつ。近代以降、医療は、歴史的に見てかつての医術や治療の技が背負ってきたもの、つまり古来医術的な知識と技が必ずくぐり抜けてきた神話的空間としての人体に対する洞察をいちじるしく怠《おこた》ってきた。「生と死」「浄と不浄」、境界をまたぐものとしての自らの智と技に対する畏怖と考察である。これを、科学が神にまさった、という論理のもとで省き続けてきた。それは哲学といってよいのか、神の領域の洞察といってよいのか。ともかく、近代的な「個」としても、伝統的な「神話的空間」の面でも、医療の姿はなんとも中途半端だ。小谷はもっと根本的なことを自分自身で考えようと決意した。

また、そのような疑念は、もうひとつの別の社会的な罪の意識ともいえる、彼の恐怖にも似た感情に結びつく。その根底には次のような洞察がある。

医療のなす技は、多くを生命科学のもたらす成果に負っている。ところが医療と社会をすり合わせ結びつけているセクションがあまりにも弱い。科学の展開力を考えるとき、医療の持つスピードが社会のそれを追い越してしまうことも十分にあり得る。現にそんなことが始まっているのではないか。

本来医療は社会に埋まり、個人の危機管理と下支えにあたる役目を負うはずだが、十分に吟味されないまま提供される医療の技やアイデアが、逆に社会に不安を与える要素になりつつある。移植医療などはその最たるものではないのか。がんにおける告知にもこのにおいがする。小谷は次第に大きな不安を覚えるようになった。少なくともこれに加担するのはいやだ。

このようなことへのこだわりとともに、小谷は「癒し」を求めて、ときとして、あなぐらで息をひそめる。

あなぐら

あなぐらにうずくまるとき、小谷のまわりにしばしば少女Sが舞う。Sの背中には娘の姿が見え隠れする。もっとも解放されるはずの空間に忍び込むSの影。逆にその空間に忍び込む影だからこそ、Sは、小谷にとって、とてつもなく大きな意味を持つ。

人には誰にでも内なる神がいて、それは生きてきた過程のなかで自然に居つくもののようだ。内なる神は、折にふれて強い光を放射して、自分の感情や行動を揺さぶる。その放射は強すぎて、何者なのか、どこから来るのか、自分のなかで分析できない。見えないし、分析できないから、神なのである。Sは、神の使いである。使いだから、ちらちらと目にも入るし、対話もできる。

あなぐら。それは自分の部屋だったり、ごく身近な人間関係だったりする。ともかくこもれる場所だ。「癒える」と、すこし能動的な匂いがする「癒す」をつなぐさまざまなもの。それはクラシックやロック、レゲエの音楽であっても、好きな本やCD、DVDであっても、幼子を抱いたマリアの像であっても、ヒンドゥーのシヴァやヴィシュヌ神像であっても、別にかまわない。そこは内なる神との交信の場。

小谷にとって、あなぐらのなかに、Sの影が宿っていても、かまわない。Sにはその権利があるし、自分にはSとともにいる義務がある。そう、Sとなら、自分は暗闇に落ちても仕方がない。病棟は、そんなあなぐら的な空気が満ちた空間のひとつであればよい。患者たちは、さまざまな事情とタイミングのなかで、小谷と出会う。小谷自身が偶像のひとつであってもかまわない。小谷はそのような癒しの場所として病棟を構えている。

探り合い

そんなことを考えながら、由美の目をもう一度そっとのぞいた。由美とSの像が一瞬重なる。自分のやや独りよがりな思いはともかくとして、(しかし、それにしても由美のなかに入り込めていないな) 小谷は、自分がまだまだ由美の癒しの円環につながっていないことを感じていた。連日くり返される面談も、毎日であることがある意味災いして、彼女の拒否に遭い、彼女の症状の意味を理解することができないでいる自分を感じていた。

由美は由美で、面談の途中に突然何も言わなくなった小谷に対して「大丈夫かしら?」とでも言いたげな怪訝そうなまなざしを向けている。彼女たち拒食症の患者は、どうしようもなく先鋭になった感情のなかで、ある人をこの上なくグッドなものとして崇めたり、逆に限りなくバッドなものとして貶《おとし》めたりしがちだが、由美にとって、小谷はいまだにバッドに属する存在だった。

そのような状況でのやり取りだから、当然お互いの腹の探り合いや言い分の押しつけ合いにしかならない。小谷は労のわりに益の少ないこれまでの面接から、由美に対して薄ぼんやりと次のような情報と印象を持っていた。

由美の母親和子は離婚して、横浜のアパートに由美と二人で住んでいた。和子は異常なまでに過干渉である。でも、それは彼女自身の不安耐性の低さのあらわれである。彼女が抱く不安が実体のない自分を透き通って娘の由美に投影されているのである。

由美も母親との共依存関係を維持するため、意識的に小谷の分析が入り込んでくるのを警戒しているのかもしれない。できれば早く体重を増やして体調を整え、小谷の心理的干渉が及ぶ前に退院してしまいたい。そんなことを考えているようにも感じられた。

小谷は、由美が棲《す》んでいる「森」の性質が明らかになり、それが許容できるものであれば、別に自分のやり方を押しつけようとは思わない。由美はその森の中で過ごせばよいと思うのだが、もうひとつ彼女の「森」の正体がつかめないことに苛立ちを覚えていた。暗い森が小谷に、「由美を返せ」と迫ってくる気がする。その脅しになすすべもなく従うわけにはいかない。しかし、由美から母親のことが語られることはなかった。

「とにかくもう少し食べて、体重が増えないと抜いてあげられない」

小谷は心療内科をはじめてから摂食障害を診ていて、医者をやるのがいやになったことが何度かあった。とにかく本当のことを話してくれない。「ちゃんと食べられた？」「先生のいう通りにできました」「そう、吐かなかったよね」「はい」。この会話がまったくあてにならない。彼女たちにはこの会話を成り立たせる基本的な安心感や信頼感が欠如している。食べているか、吐いているかは、血液検査の電解質やアミラーゼの値を観察しているとほぼ正確にわかるのだが、医者がうそを発見してしまうことがあまりに多い。

少し打ち解けてきて、「なぜ、うそをつかなきゃいけなかったの？」と聞くと、「先生は親の味方だと思ったから」なのだ。

たしかに彼女たちはうそをつき通さなければ自分の存在が否定され壊されてしまう場面に何度も遭遇している。彼女たちは自分を壊されないために無意識に病的な防衛反応にもとづく行動に出ざるを得ないのだ。親たちも決して放置しているわけではない。途方にくれているだけのことが多い。また、それは親自身が無意識にやっている自己防衛の手段を映しているに過ぎない場合も多い。

由美のチューブが抜ける

がっかりした顔で面接室を出ていった由美を、病棟の入り口で理恵が待っていた。

「まだチューブ抜けないの？」

「まだダメみたい」

「がんばって食べてるのにね」

由美はこっくりとうなずいた。理恵は彼女の部屋まで付き添い、ベッドに並んで座った。彼女の焦燥がよく伝わってくる気がした。由美が斜め上をぼーっと見ている。一緒に見ていると、天井に吸い込まれそうな、天井がのしかかってくるような、なんともいえない不快感がせまってきた。由美にとって、今回は二度目の入院である。

「わたしはこの世にいないほうがいいんじゃないだろうか。死んじゃったほうが、みんなも幸せになれるんじゃないんだろうか。でも、母さんが悲しむかな」

由美がそんなことを言い出すので、慰めの言葉をかけるつもりが、理恵はむきになって言い返していた。

「お母さんじゃないでしょ。あなたが幸せになることを考えるのよ」

そう言い放ってみて、理恵は、では、自分はどうなのか、と考えざるを得なかった。母親はやはり大きい。そして、由美にのしかかっているものの大きさを垣間見た気がした。

毎日、小谷と由美の「チューブを抜く」「抜かない」の押し問答が続けられた結果、とうとう由美の体重は、小谷がチューブを抜く条件としてあげた最低ラインの三五キロを超えた。慎重な話し合いの末、チューブは抜かれた。

このときの由美の気持ちと行動は、ずっと後の面接で告白された。その日、由美はこころゆくまで吐きたかった。スナック菓子とパンをお腹に詰め込むと、トイレにかけこんだ。便器の中でうずたかく積みあがってゆく吐物を見つめながら、由美は解放感に浸った。先生に悪いな、心の片隅にはそんな気持ちがなくはなかった。

チューブが抜かれてからも、小谷の面接は毎日続いた。由美は毎日吐き続けた。それまでは早くチューブを抜いてもらうために吐くわけにいかなかったので、なるべく嘔吐につながる刺激を避けて、おどおどした入院生活を送っていた。それがなくなって顔色も少し明るくなった。

由美はずっと以前から一日の過食代は三千円までと決めていた。少ない額ではなかったが、由美が要求すると母親は必ず与えた。衝動が激しい時にはこの額ですますのはかなりきつかったが、メニューを考えながら、ほぼこの範囲ですませていた。チューブを抜いてからのち、この額をまた求められ出したので、母親は由美が吐きはじめていることを知っていた。でも、由美の吐き方は、だんだんこれではおさまりにくくなってきた。

理恵は吐けないので、それほど小遣いはいらない。彼女はそろそろ学校のことが気になりはじめていた。(あまりいつまでもここにいても仕方がないんじゃないかな、小谷先生は悪くないが、やはりここには現実が何もない、麻衣はどうしているのだろう?）亮のことも一瞬、頭をよぎった。

入院してから、手続きのため母親の佳代が一度だけ病院を訪れた。理恵は思わず甘えたい衝動にかられたが、そのそぶりは見せなかった。

「はじめての一人暮しで疲れが出たのだろう」

本人もそう言うし、主治医である小谷の説明もそのようなものだったので、あまり長く家を空けられない佳代は納得して帰っていった。理恵はほっとした。それから入院費にいくらか上乗せして送金してくるので、金にはあまり困っていなかった。

自治組織

患者のなかには過食代に困る人もいる。

（ここは病院なのだから、買い物をチェックするなり、禁止するなりすればよいのに。先生はだらしなさ過ぎるのでは）

理恵はそう思うこともあるが、小谷の意向で買い物は自由になっている。小谷が各自と、食事とおやつの量を話し合って決めている。しかし、実質的なチェックは入れようがない。日中外出する患者も多いし、買い物をチェックされては、理恵自身もここまで長くは病院にいられなかっただろう。

とにかくそんなことで過食代に困る人がいる。これは、みんなの問題でもあるので、一時的に過食がひどくなる人のために、医師や職員には内緒で患者同士の互助的な自治組織が病棟のなかに存在した。

小谷を中心としたスタッフと患者の集まりがオフィシャルな縦軸だとすれば、この集まりは患者同士の意図的でプライベートな横軸にあたる。イギリスの精神医学者ビオンは、「人間はいつ、いかなる場面においても個人的存在ではありえない。不可避的に集団的存在である。したがって、集団においてはじめて人は本来の姿をあらわしてくるのであり、個人の総和によってそれ以上の集団心性がはじめて形成されるのではなく、集合のさまざまな状況において本来存在している心性が自他の目にあらわになってくるのである」という。小谷もおおむねこの考え方に賛同していて、病棟で集団が組みにくくなるほど監視の目を強めるのではなく、さまざまな集団ができあることを受け流し、逆にそれを観察の対象にしていた。

この自治組織が、プライベートな集まりのなかのいわば最も公的なものになるが、このほかに、誰かをリーダーにして集まるもう少し小ぶりの集まりやらペアになった二人やらいろんなタイプのものが存在した。さきのような事情もあり、自治組織公認で患者同士の金の貸し借りもする。ときとして認知症気味の老人たちにカンパも求める。これはトラブルの種になりかねないので、小谷たちスタッフは目を光らせていた。

自治組織の中心には常に何人かの摂食障害の患者がいるのだが、そのコーディネーターには、伝統的に摂食障害とは関係のない男性の患者があたった。患者は次々退院するので、交代していくのだが、今は宮田という会社員がやっている。

宮田のところには金策以外にもさまざまな問題が持ちこまれる。患者同士の感情のこじれや恋愛問題、面接の内容についてとか職員に関する噂などである。夜になると明かりの落ちたホールに宮田を中心にして患者が集まってきて、ひそひそと遅くまで話し込んでいる。

主婦の千夏などは宮田にべったりである。ひどい時には朝方まで話しこんで昼間自宅に帰ったりしている。理恵も入院した最初のころ、千夏がなれなれしくいろんなことを話しかけてくるので、かなり近い関係になったこともあったが、「どうも危ない」と感じて、今は距離をおいている。

病棟の中で一つの社会が形成されているわけだが、コーディネーターによっては、こっそりと仲のよい職員や医師に持ちかけられた相談についてのアドバイスを求めたりもする。そのために小谷も患者同士のいろいろなことをうっすらとは知っている。

コーディネーターが代わるたびに、小谷はその動向に注意を払うようにしていた。その動きによっては病棟内の不穏な雰囲気につながりかねない。集団は常にそういう匂いを持っている。神経症患者の多い病棟では、容易に病棟全体が神経症的な過敏で激越な雰囲気に満たされかねない。これまでも何人かの患者のグループに看護師がつるし上げられたり、看過できない事態に至ることがあった。小谷にとって、病棟を神経症的で過敏な場にしないことに関して、宮田は「信頼できる」存在だった。

宮田のほうも「小谷に助けられた」と恩に感じている。彼は不動産会社の激務とその人間関係から逃れるため命からがら転がり込むように入院してきた。上司と衝突した彼は、やがて通勤途中の電車のなかでパニック発作を起こすようになり、出社できなくなったのだ。

このときのことを宮田はよく覚えている。

「入院する必要があるのか？」

彼を会社に連れ戻すようにと命を受けていた上司が小谷に激しく食い下がるのを、宮田は不安そうに見つめていた。

「宮田さんは出てなさい」

うながされて宮田が退室したあとも、上司は、小谷にいつまでも食い下がっていた。それは昼過ぎからずっと続いた。

（これで連れ戻されたら俺は死ぬしかないな。いま辞めても、どこにも行くところはないし）

くたくたになっていた宮田は、そう覚悟していた。夕方が近い時刻、ベッドで横になっていた宮田は、ノックのあと上司が病室のドアを開けるのをカーテン越しに目にして、観念した。上司の顔がのぞいた。

「ゆっくり休んでくれていい。明日は俺もここに転がり込んでくるかもな」

無念さと安堵感と疲れの入り混じった複雑な表情で低く言い残して、上司は、病院を離れた。

宮田は救われた。

過食の果て

由美はかなり過食代に困るようになっていたようだった。

「宮田さんに相談してみようか？」

由美から理恵に相談が持ちかけられた。

「わたしが貸してあげるよ」

理恵は宮田たちのシステムを冷ややかに見ていた。このシステムを放置している小谷にも批判的だった。

「ほかの人に言っちゃダメよ」

由美はうなずいた。彼女は、あっという間にチューブを抜いた当初の解放感がなくなって苦しい状態に落ち込んでいた。小谷もそのことに気づいていたのだが、決定的な方策は見つけられなかった。理恵は由美に一日二千円ずつ貸した。由美は必死に我慢した。でも、過食はひどくなるばかりだった。吐いても気持ち良くならないが、吐かずにはいられない。そのためには食べ続けなければならない。過食代は母親に要求すれば上乗せされただろうが、由美はそうしなかった。

彼女のあせりは理恵にもよく伝わった。理恵は彼女の気を紛らわそうと、話しかけたり散歩に誘ったりした。でも、由美の自我意識はどんどん弱くなり、いろいろな物を投げ捨てながら自分の殻に閉じこもっていく。理恵にはそれがよくわかる。見ていてやるせなかった。彼女が話しかけても、由美は上を向いたり遠くをぼーっと見ていたりする。今ではきちんとした対話もできない。

（恐いことになるんだな）理恵は思った。

しばらくして、理恵の財布からときどき千円札が何枚かなくなるような気がしはじめた。勘違いか？　確信が持てなかったので、ある日枚数を確認しておいた。半日ほどして調べてみると、二枚なくなっていた。理恵は少し離れたソファに腰掛けている由美をじっと見た。彼女ならやれる。

理恵はベッドから離れるときも、なるべく財布を体から離さないようにした。でも、やはりお金はなくなった。ある日、彼女が昼寝から目覚めた時、カーテンの外に人の気配を感じた。彼女の部屋は、日中はほかの人たちは外出してしまうので一人になる。彼女は昼食が終わるとベッド周囲のカーテンを閉めて少し昼寝をする。目覚めたまま寝たふりをしていると、人影は周囲に気を配るでもなく無造作にカーテンの中に入ってきた。無造作にベッドサイドのボードに手を伸ばす。

「由美！」

その手が財布に触れる前に理恵は声をかけた。

「…………」

「絶対こんなことしちゃダメ！」

由美はうなだれている。これがばれると、彼女はたぶん閉鎖病棟に送られる。錯乱状態になって保護されるのは仕方ないが、これで閉鎖病棟送りになるのは、小谷や病棟スタッフにとっても、宮田たちのグループにとっても、理恵や由美にとっても悲しいことだ。

宮田たちも、小谷たちスタッフにたくさん内緒ごとを作ってはいたが、この病棟のありがたさをよく知っていた。彼らのほとんどはさまざまな病院をめぐっているが、これほど自由にふるまえる病棟はないのだ。たいていは同じような患者がたくさんいてもガチガチの監視下におかれるか、その他の身体疾患の患者の中にぽつんと入れられて小さくなっていなければならない。彼らは、入院中はがまんしている。問題行動が起きないので、医師は彼らが治りつつあると思う。そして、何も変わらないまま退院する。彼らはがまんしているだけのことが多い。ちょっとしたことで調子が崩れてまた別の病院に入院する。このくり返しなのだ。

でも、ここでは違っていた。彼らは普通に生活しながら病気と向き合っていた。宮田たちにとってもこの病棟はありがたい。そして、このスペースが決して病院から保証されたものではないこともうすうす感じていた。小谷の強い意向で彼らは老人病棟に間借りを許されているだけなのだ。大きな問題が起きれば、この空間はもろくも崩れる。理恵もそれは感じる。

「困るんなら私に相談しなさい。ほかの人にはやってないわよね？」

由美は黙ってうなずいた。しばらくして彼女の過食は落ち着いてきたようだ。ただ、理恵は、彼女の様子に何かしらしらじらしい妙なものを感じていた。「なんだろう？」。毎日の二千円も貸さなくてよい日が多くなった。

小谷と由美の面接は、相変わらず毎日続いていた。小谷も由美の好転に気づいていた。点滴チューブを抜いた当初の力みがなくなったのと、体重がやや減少気味のところで落ち着いたためだろうか。小谷はそんな読み方をして一息ついていた。

理恵は学校の日々を思い出すことが多くなった。過食はもうずっと止まっている。今なら普通に戻れるのではないか。そんな気もした。ダメな気もした。相変わらず由美の様子に注意していたが、あまり吐かなくなったように思う。でも、話しかけても、やはり上を向いたまま遠くをぼーっと見ていることが多い。チューブが入っていたときの方がなんだかはっきりしていたな。理恵はそう感じたが、自分の学校のほうが気になりだして、由美への関心は薄らいでいった。

盗難事件

やがて騒ぎが持ち上がった。ベッドサイドに置いていた千夏のお金がなくなったのだ。彼女はさっそく宮田に相談した。その夜、宮田は自治組織の集会を召集した。理恵も由美を誘って、みんなの輪に入った。由美は理恵のうしろにいた。

「今日、羽田千夏さんのお金がなくなった」

彼は単刀直入に切り出した。みんなの目がさっとお互いを探り合う。理恵は由美の方をチラッと見た。

「状況を詳しく教えてちょうだいよ」

昼間スーパーにパートに行っている真希が発言した。千夏は「昼前、自宅に帰るときベッドサイドの棚の引き出しに入れておいた一万円が夕方帰ってみるとなくなっていた」と説明した。何人かは、「じゃあ、私は疑われないわよね」とか「そんなところに大金を放っておくあんたが悪いんじゃない」とかブツブツ言いながら部屋に帰ってしまった。残ったのは宮田のシンパと理恵と由美とほかに何人かである。宮田は目を閉じてじっと腕組みをしたままだが、他のメンバーの視線が鋭く理恵と由美の二人を刺す。

一万円がなくなった時間帯がはっきりしているので、みんなが病院にいた時間を確認してみれば容易に疑わしい人が絞り込める。そのなかには当然理恵と由美も入っていた。でも、それ以上はわからない。特に犯人が二人以外の場合にはまったく見当もつかない。宮田が集会を開いて告知したのは、事件の再発を抑止するためである。「こんなことがあった」と告知することで再発の防止につながる。そして、お金が返ってくるのを期待してのことでもある。

翌日、一万円はこっそり千夏の手元に届けられた。このことを宮田は自治組織に理解のある看護師の美里に報告した。彼女に知らせれば、その情報はたぶん小谷の耳にも入る。

宮田との面接の中で、小谷はこのことに触れた。

「宮田さん、あんたどう思う？　誰なんだ」

「わかりません。理恵さんと由美さんは当然疑われます。でも、ほかにもやろうと思えばやれる人はいた。千夏さんも悪い。ベッドの上に財布を放り投げてるんですからね」

「でも、棚の引出しに入れてたんだろ」

「同じですよ。みんな、財布がどこにあるか知ってるし」

小谷はこの話を聞いて考え込んでしまった。とにかくお金は返されているので、病棟の師長とも相談してこの件は握り込むことにした。彼は師長にはなんでも話すことにしていた。師長の協力なしでは病棟の管理は成り立たないし、彼女のほうも、いくらか若い患者がいる方がほかの年寄りたちにもよいと考えていた。院長は若い患者に対して理解がなくはないのだが、あまり診療点数の上がらない心療内科の患者が増えることにやや躊躇していた。騒動が明るみに出ると、病棟の整理の方向に舵を切りかねない。

賢者の部屋

小谷は盗難事件に絡《から》むもやもやから離れたくて、久しぶりに大山の部屋を訪れた。彼は小谷とほぼ同年輩であり、やせた体と大きなギョロつく目を持っている。高校の教員を何年かやったあと、体調を崩してやめた。仕事はしていない。ときどきソーシャルワーカーからアルバイトを紹介されるのだが、あまり続かない。そのうち塾の講師をはじめようかと考えたりしている。彼の部屋は『賢者の部屋』と呼ばれていた。とても博識で、予言めいたことなども口にする。自治組織にはまったくかかわらず超然としていて、小谷はこの大山とさまざまなことについて語るのを、ひとつの楽しみにしている。

「近頃病棟が騒がしくて仕方ないんだよ」

「盗難事件があったようですね。自治組織の人たちが忙しそうに動き回ってましたね」

「知ってたのか」

「まあ、この病棟にいるわけですからね、一応は」

「今、何を読んでる？　おもしろいものがあるかい？」

「これがおもしろいですね」

大山が手にしているのはF・ブローデルの『地中海』。

「フーン。地中海のリゾートでも載ってるのか。それにしてはゴツそうだね」

「歴史書ですよ。アナール学派ですよ。肌感覚の歴史ですね。アナールはご存知で？」

「いいや。どういうこと？　直訳すると『尻の穴』になっちゃうね」

「たとえば、ですね。これは、地中海に面したヨーロッパ中世を論じてるんですが、当時の情報の伝達速度について詳しく検証している。地中海に面したある地点で戦争が起きるとします。その結果を私たちは化石や押し花を見るように見ているわけですが、いいですか、そこで向き合っている両軍は、相手のうしろがどうなっているのか、自分のうしろがどうなっているのか、わからないまま不安な気持ちでやってるわけです。本国からひっきりなしに、どこの誰それが味方についた、敵に回ったと伝令や文書を発信しているんですが、その伝達の速度や確かさによって戦況がまったく変わってしまう。両方とも疑心暗鬼のなかでやってるんです。例えば、ベニスからバルセロナまで情報を飛ばそうと思うと地中海を海で渡る、当時強国だったプロバンスを突っ切る、アルプスを越えて少し遠回りする、ぐるりと山を迂回してオランダ辺りを通るなどさまざまな経路があったのですが、それぞれに持っている『そこを通る意味と危険度』が違っていた。その選択によって軍隊が生きたり死んだりしていたんです。日本の戦国時代も同様で、もちろんこういうことは知られてはいたんですが、『地中海』の著者ブローデルは、それが歴史そのものだと考えている。そういう視点でみると、歴史は連綿とつながっているし、私たちはどの断面からも現在に役立つ教訓を得ることができるんです。というか、公の歴史書に書かれている歴史は、現在のその国が示したい物語でしかないわけですからね。たとえば、『何年にコロンブスによってアメリカ大陸が発見された』などといっても、そのずっと前からフランスのシチューのなかには新大陸原産のインゲン豆が使われていたんですからね。物や人の流れは歴史書の内容とはあまり関係ないのです。その流れをもう一度丹念に拾い上げるための軸にはどんなものがあるかを考えているのがアナールの特徴です。なんというか、感性の歴史ですね」

「まあ、歴史をネタにした妄想もいいけど、お金を払わないと、いつまでもここにはいられないよ。お前さんが一番現実的に抱えている問題はそれだ。最近、部屋代のことでもめてるんだって?」

「お聞き及びですか。もう、ここを出なくちゃいけないかもしれませんね」

「部屋代が払えないんじゃ仕方ないよね」

「部屋代、もうすこしまかりませんかね。三割負担なんてことにならないですよね」

「それは無理だね」

「先生は別のクリニックでもカウンセリングやってるんですって?」

「誰から聞いた?」

「病棟の患者さんはかなり知ってると思いますよ。私が知ってるくらいだから」

たしかに小谷は、都内のあるクリニックで、週一回自由診療のカウンセリングをやっている。

「ここを退院して私もそちらにかかりましょうかね。先生と週一回お話できれば別に自宅にいてもいいですしね」

「そっちは保険がきかないから高くつくよ」

「ああ、そうか。でも、変ですね。同じ先生にかかるのに、あるところでは保険がきいて、別のところではきかないなんてね」

「まあ、仕方ないさ。でも、日本はまだいいんだぞ。保険がきかないのは、カウンセリングや手の込んだ美容整形を除けば、一部の先端医療だけだからね。ほとんどの基本的な検査や薬は国がらみの保険で格安に手に入るからね。なんだかんだいっても、国が人々の健康維持に莫大な投資を続けているといっていいだろうね」

「たしかにそうですね。国や政府がまともに機能していない争乱中の地域はともかくとして、かなり国力があるのに、国が保障としての人々の健康にあまり金をかけないタイプの国もありますね」

「アメリカが典型的かもしれない。オバマの皆保険改革も思うような評判が取れない。アメリカはやはり自由と自活の国だからね。建国の理念だ」

「たしかにね。アメリカにとって、それは正義といえますね。逆に、日本で民間保険に医療の分野を開放してしまうと、どうなりますかね？」

「たちまち投資の対象になってしまうね。日本の正義をどこに置くかだ。放っておけば、いい医者を集めて医療チームを作り、それを売り物にする商売が始まる。メンタルでもその動きはある。プライベートで医療技術の高い、よい病院と公共系の病院の差がどんどん開いてしまう。途上国の病院はどこでもそうだよ。日本も途上国並みになりつつある。ちょっとひどい。特に、変に国力があって豊かな階層の人も多いのに政府が強くないところはね。どんどん先端的な医療技術が入ってくるのに、国公立病院には優秀な医者が行かなくなるから、レベルが下がり、存在価値がなくなり、つぶれていってしまう。地域や中規模都市は深刻だね。中南米や、イスラムの教えがなくなれば中東もすぐにそうなるよ。高度な技術を持つ臓器移植シンジケートが集まってくる一方で、人々の最低限の医療を保障する国立病院はどんどん潰れていっている」

「でも、人々はあまり慌てていないんじゃないですか。中南米のあたりには強い民間医療もありますからね」

「そうだ。コカのペーストや儀礼用の麻薬汁として有名なアヤワスカまでくると、こちらの世界から見ていると、さすがにちょっと問題だけど、人々は負けているわけじゃない。民間医療から宗教的な治療儀礼まで何段階かの癒しのシステムを持っているからね。あの辺りの先端医療技術もシンジケートに買われるから、負けているわけじゃない。それどころかどんどん先鋭化している。負けているのは、近代からほとんど変わらない現代医療のシステムだけだよ」

「なるほどね」

麻衣の面会

そのとき看護師詰所から小谷を呼ぶベルが鳴った。

「なんだろう。今度またゆっくり聞かせてくれよ」

詰所に戻って「なんだ？」と問う。理恵に母親以外では初めての面会者があるのだが、認めてよいか、という確認だった。


先日から理恵と小谷は、今後の治療スケジュールについて話し合っていた。とにかく入院してから過食は止まっているので、理恵としては、彼女にとっての現実である大学生活に戻るためのプランを立てる必要があった。

そんな中で理恵は麻衣のことを思い出した。思い出したというか、麻衣に連絡がつかないことへのいらだちが頂点を迎えつつあった。第一、病院にかかる決意をするまでになったのは、ながらく彼女に連絡がつかなかったからだともいえる。

（もう一度連絡してみよう）

そう思い立って昨日連絡を入れていたのだ。麻衣はマンションにいた。大学はすでに夏休みに入っている。麻衣の声を聞いたとたん理恵に大きな安心感が広がった。

「理恵？　どこで何やってんのよ？　亮も心配してるよ」

亮の名前を耳にして、ふたたび理恵のなかに、ためらいとも恥じらいともつかない別の気持ちが広がった。

「なに、入院？　あんた、ばかなんじゃないの」

（そうか、私はばかなんだ）

たしかに自分は何をやっているのかよくわからない。でも、ずっといなかった麻衣もひどい。ともあれ今日、麻衣が病院に見舞いに来ることになった。「亮も連れて来ようか」と麻衣。理恵は「いいよ」と断った。

とにかく麻衣が見舞いに来た。小谷の許しを得て、手を振りながら彼女が病棟に入ってきた。その姿はまぶしかった。後ろからの光で陰になり、顔はよく見えなかった。でも、よどんだ空気が切り払われ、現実が理恵の前に再び現れたように思えた。

「理恵！」

「麻衣！」

理恵と麻衣はホールの入り口、詰所の前で抱き合った。詰所のスタッフが何人かその様子に驚いて振り返った。

「目つきの悪い人がこっちにらんでるよ」

「千夏さんっていうの」

千夏がじっとこちらを見ているのがわかった。盗難の一件以来口もきかない。由美の部屋をのぞいてみたが、毛布をかぶって眠っている。二人はホールのソファに腰を下ろした。理恵は一部始終を話した。それはまず、話したいときに麻衣がずっといなかったことに対する恨み節からはじまった。麻衣はじっと聞いていた。

「とにかく、もう退院しなよ」

「そうね。でも、あまり自信ないのよ」

「それもなんとなくわかるわね。でも、あんたここを出た方がいいよ。また、私とやろう」

理恵はうなずいた。

麻衣が帰った後、理恵はもう一度由美の部屋をのぞいてみた。まだ、毛布をかぶったままだ。

理恵の困惑

盗難の件について、小谷は院長には報告しなかったが、犯人さがしは続けた。

「誰がやったのか？」

小谷は美里に意見を求めた。面接のなかで何人かの宮田のシンパにも尋ねてみた。二、三人からある患者の名前があがった。彼にも、そうかもしれないと思えなくはなかった。理恵である。彼女が入院した日の朝のコンビニでの光景が、脳裏に浮かんだ。でも、小谷自身は盗難のあった翌日すぐにお金が返ってきた状況から、理恵と由美が犯人である可能性は薄いと読んでいた。彼女たちには返すタイミングがなかった。

「君はやってないんだね？」

小谷は面接のなかで理恵に確認した。彼はみんなにそうしている。

「私じゃないですよ」

理恵の顔に自分が疑われたことに対する驚きの色が浮かんだ。そして、憎しみの色も。

「誰がやったと思う？」

みんなに同じことを聞いていることを告げて、驚きと憎しみを中和してから、小谷は慎重に尋ねた。理恵の顔に少し苦悩の色がにじんだ。

「わかりません」

明らかに宮田のシンパたちとは違う反応が読み取れた。彼女には、何か思い当たることがあるのか？


このころから理恵は、病棟の空気が妙なのに気づくようになった。彼女が何をするにも監視の目がついてくるように思える。そうではないのかもしれない。でも、宮田のシンパたちの目がひどく気にかかる。大きな問題こそ持ち上がらなかったが、彼女たちと、自治組織を冷ややかに見ていた理恵の間にはかなりはげしい確執が生じていた。

「早く病院から出ていけ！」

ある日、理恵のベッドの上にそう書かれた紙が転がっていた。誰の字か、すぐに見当はついた。

（なぜ？　私じゃない！　私が盗んだんじゃない！）

理恵は声に出さず叫んだ。宮田のシンパたちは彼女を疑っている。あるいは彼女が犯人であればよいと願っているのか？　理恵にはそんな疑心暗鬼も生じている。彼女自身は、由美ではないのか？　と思っている。でも、由美は、仮に盗みをやっていても、もう覚えていない。そもそも理恵も、自分ではないという絶対的な自信がない。

実際、渋谷のデパートで理恵が麻衣を驚かしたように、万引きや盗みをしたあとその部分だけ彼女たちの記憶から抜けていることは少なくない。現に、理恵のベッドサイドでしたことを由美はすでに忘れてしまっている。

「自分はもう退院するつもりだ」

そんなある日、由美にそう告げた。由美は困惑気味にも見える複雑な表情を浮かべた。

「理恵さんがいなくなるとさびしい。相談できる人がいなくなる」

理恵は、言葉を継ぐのをためらった。

退院の申し出

面接のなかで理恵は退院の申し出をした。

「あの騒動から逃げたがっているのか」

小谷は理恵を疑ってはいなかったが、そう直感した。とにかく病棟の中では思いもよらないことが次々に起きる。それに巻き込まれる形で、ろくな療養ができないまま逃げ出していく患者も少なくはない。理恵にはそうなってほしくなかった。

小谷は面接をくり返すなかで、少しずつ理恵の病理と力動、つまり葛藤を生み出す心の動きを分析しつつあった。それはおおよそ次のようなものである。

彼女の意識は母親の強い支配下にある。彼女は母親に強い愛着を抱いている。つまり母親の目を彼女に向けようと焦っている。一方母親の意識は弟の光一に向かい、母と弟が共依存関係にある。それが理恵に満たされない気持ちと強烈なジレンマを起こさせている。実家から離れたいまは、理恵にとって、自我同一性を確立して自分の生活環境を築くチャンスなのだが、うまくいかないまま過ごしている。何かまだまだ大きな洞察が抜けているのだ。それは彼女のルーツに関わることかもしれない。それはともかくとして現実場面で理恵自身も親子以外の関係性が必要であることを感じていた。

面接のなかでは、小谷は彼女の代理父親の役割を意識しながらやっていた。しかし、理恵の抱く父親像があまりにも漠然としているので、小谷は彼女にうまくマッチする父親像を造りあぐねていた。どんな父親なのか。広い海と強い陽光。そのイメージだけではどうにもならないではないか。それにそれらのイメージが示す先は、どちらかといえば女性像、つまり母だ。理恵の物語はもっと大きな基盤を持っている、そう感じざるを得なかった。

「お話があります」

「なに？」

「退院したいんです」

こんな性急な出だしでその面接は始まった。

「ずいぶん急だね」

「もうひとりでも大丈夫じゃないかと。ここに来て過食はおさまってるし。学校もいつまでも休めません」

「そうだね。学校のことは考えなくっちゃね。この前、友だちが来てたな。あの子は？　なんていったっけ」

「麻衣です」

「そうだ。よく名前の出てくる同級生だね。亮君のお友だちの」

「そうです」

亮の名前が出て理恵は少しドキッとした。小谷は腕組みをしたまま少し考えている。

次に進むチャンスかもしれない、とも思った。

「でも、いきなり退院は難しいだろう。外泊をしてみるといいね」

小谷はそう提案した。いずれにしても何らかの形で生活環境を作らなければならないので、外泊には大きな意味がある。小谷の頭のなかには、入院を続けながら大学に通う案などもあった。退院してみてうまくいかないようなら再入院をうながすのもひとつのやり方である。こうすると、ひとりでやっていくのになにがどのくらい足りないのかよくわかるのだ。入院の意味もよく理解できる。

「ひとりでマンションにいて大丈夫なのか?」

小谷は理恵に疑念を示した。たしかに、それをつかれると理恵にも自信がない。

面接を終えて理恵はベッドに転がった。がっかりしたが、逆に退院を拒否されて、少し安堵感も覚えていた。

(たしかにまだ無理だな。一人ではやっていけない)


「理恵さんはやっぱり退院しちゃうの?」

「いや、先生がまだダメだって」

由美の顔には、ほっとした色が浮かんでいる。彼女のなかでは、絶えずあどけない少女と意地悪く狡猾《こうかつ》な人格が入れ替わっている。由美には「理恵を放さないぞ」という意思が見て取れた。

「まだ、由美ちゃんと一緒にいられるね」

由美は小さく何度もうなずく。理恵にもなんとなくほっとした気持ちが広がった。

「でも、学校のこと考えなくっちゃね。ところで由美ちゃんは学校のことはいいの?」

理恵はこの際、日ごろ気になっていることを口に出した。

「先生からはとりあえずそれはいま考えなくてもいいって言われてる。もう、ずっと行っていないし。多分やめると思う」

理恵は、そのことについては言葉を継がなかった。由美をそばにおいたまま麻衣に電話した。

亮を連れてもう一度見舞いに来るという。

教師たち

数日後、理恵は真向かいのベッドに入ってきたばかりの大学生の洋子と話していた。洋子は教育学部の学生で亜季と話が合うようだった。理恵と亜季はシーツ交換など作業のときにはさっと協調できるのだが、お互いに自分の病状については主治医の小谷以外にはあまり話さないタイプである。

最初からほかの患者に自分の病状についてしゃべりたがるタイプは往々にして周囲を混乱に陥れることが多い。千夏などはそうだ。理恵はこのタイプとは慎重に距離をとるように心がけていた。

洋子は教員を目指しているので亜季に何があったのか知りたがり、亜季がそれに答える形で、理恵もいる前で自分の問題について語りはじめた。そのため理恵も亜季の病気の経過についてやっと把握できるようになりつつあった。

亜季は現在、小学校教員を休職中である。彼女が四年生の担任をしていたとき、ほかの生徒になじめない子がいた。彼女にしか心を許していない気がして、その子の言いたいことをみんなに代弁してやっていたのだが、自宅ではその子が親に向かって「先生がわたしに何もさせてくれない」と訴えていたのだ。彼女は親になじられた。彼女には、それがこの子なりの彼女への甘え方ではないかと察せられたが、親はそうは思わなかった。学年主任ともまずくなった。このときは同僚の先生の計らいもあり気を取り直したのだが、次第に彼女は子どもたちとの距離感に不安を持つようになった。職場にも不信感を抱くようになった。自信もなくした。

（フーン。先生はたいへんなんだ）理恵はそう思った。

でも、淡々と語る亜季の様子から、理恵には、まだ亜季が子どもを信じているように感じられた。

子どもの発達段階

理恵は、小谷がいつか説明してくれた「九、十歳の壁」の話を思い出す。

子どもは発達段階のなかで、ある時期に、目の前の場面とか主観でしか考えられない段階から、もっと物事を言葉に置き換えたり推論をつかって客観性にもとづいて考えられる段階へ移行する。はじめの考え方を一対一の対の思考、あとのをカテゴリー的思考っていうんだけど、この移行が起きるのが大体九、十歳、小学校の中学年なんだね。

ほら、例えば、お店で物を買うときにお金を払わなきゃいけないのは低学年の子でもわかるだろ。そして、おつりがもらえるかどうかは気になる。でも、お店のおばさんがお金をもらったあとどうするのかはよくわからないし、おつりは母親に返すものとしか認識していない。漠然と払うことになってるから払うわけだけど、中学年くらいからそろそろ、あのお金でおばさんは何を買うんだろうかとか、おつりをためていくと自分のほしいものが買えるのではないかとか、お金が働いている世界が見えてくる。目の前で起きていること以外の隠れた世界を想像することができるようになってくる。つまり「お金」という言葉をラベルとして貼りつけることによって、お金の働きを推論できるようになるわけだ。

これはちょうど、マイナスの世界と出会う頃でもある。あり得ない「三引く五」の答えを出さなきゃいけないつらい時期と重なる。これが社会性につながってくるんだけど、ここが案外難しい。あくまで自分の文脈にこだわって社会が広がる予感に拒否感を持つ子にとっては、つらい世界との出会いになる。自分の突然の気づきによっていきなり社会のスケールが変わってしまうので、不安になって落ち着かなくなる子も多い。これがひとつの壁になるわけだ。社会を構成しているいろんな軸が見えてくるわけだね。ただ、幼稚な文脈から抜け出せないケース以外にも、どうしてもこの壁を越えられないタイプの子どもがいるんだ。

〈知能の問題で?〉

いや、認識の問題でね。

〈どういうこと?〉

いま言ってる意味で壁を越えにくい子どもは社会や物事を見るのに少し変わったスケールを使うのさ。以前からその子が使うスケールはやや変わっていたんだけど、自分だけの認知世界でのことだったので社会的に不便はなかった。でも、この時期になると子どもは社会と自分をすり合わせるようになる。そこでどうも変だと気づく。つまりね、ここにみかんが二つとりんごが三つあるとする。

このちがいは？

〈ひとつ〉

だろ。

でも、ちがいは三つだといいはる子がいる。色と数と大きさ、この三つ。たしかによく考えればそちらのほうが説得力がある。でも普通っぽくない。このタイプの子どもは社会になじむことに苦しむ。普通には使わない軸が見えているわけだからね。自分の認識がどんどん社会の正常範囲からずれていっちゃうんだね。代わりに批判する力つまり社会の裂け目を見抜く恐ろしいほどの洞察力を身につける。あるいはとんでもない先進性を持つ科学者になったりする。社会のなかでは難しくなりやすいし、つぶされることが多い。でも、物事を別の角度から見通す力が優れているし、出来のよい社会は彼らをうまく機能させていると思うんだ。神は社会のバランスを取るために必ずこのタイプを紛れ込ませているんだよ。

理恵は再び亜季と洋子の会話に耳を傾けた。

「でも、その子も、その子なりのやり方で、やはり亜季さんを頼っていたんじゃないですか。あるいは、亜季さんを通して、自分がどうしてもなじめない大人の世界を観察していたとか」

「なるほどね。たしかに私は一般的な社会の代弁者として、その子にいろいろ試されていたようにも思える。普通の大人って物事をどんなふうに見ているのか観察していたってことかな」

「でも、それもすごく感じ悪いですね」

「今から考えるとね。でもその子を守ってやりたかった。反対にその子の言いたいことを代弁してやっていたのかもしれない。親にもうまく言えなかったようだから。子どもにとってそれまでのアナログ的な世界からの旅立ちを強要されるつらい時期だったんだろうからね。憎くはなかった。その子の言うとおりだと思うことがたくさんあった。その子をなんとかしてやりたかった。代弁してやらなければ、と思っていた。まるで自分が母親になったようにね。裏切られたというか随分ひどい目にあっているはずなんだけど、不思議な気持ちだった。今でもその子は憎めない」

「亜季さんと離れて、その子はどうなったんですか？」

「やはりみんなとはなじめなかったみたい。私はがんばらなければならなかったのかもしれないけど、できなかった」

「ちょっと無理でしょう。家庭の問題が大きいんじゃない。でも学校全体がそれを察知してくれないと現場の教師はやれないですよね」

「そう。いや。たしかに家庭の問題には違いないけど、親が悪いんじゃない。親も必死になって子どもに関わっている。問題はね、その家庭が持つ不可抗力的な問題を誰がどのように関わってうまくカバーできるか、なのよ」

教育について

教育については、小谷と元教師の大山も語り合うことが多かった。

「ところで病院のなかには教師の患者も何人かいるようですね。私も教師だったわけですが」

「そうだね。常時何人かはいるね」

「彼ら、いや彼女たちもきついでしょうね」

「お前さんは教師だったんだから私よりよくわかるだろう。今まで議論してきたことなんかもすべて教育のフィルターを通して次の世代に伝わっていくわけだからね。教育の問題はとても大きいし、それをになう教員はいつの時代も大きな苦痛を背負うことになる。楽じゃないと思うよ」

「もちろん気持ちはよくわかります。でも、私たちのころより一層きつくなってるでしょうね。第一、インターネットなどでこれだけ情報が氾濫して、しかも小さいときから得ようと思えばいろんな情報が得られる環境で、教師は一体何を教えればいいいんだという根本的な悩みを抱いてしまうでしょうね」

「そうだね。教師が何を教えればいいかというのは大きな問題だね。大学なんかは特にひどいんじゃないのか。はっきりいって教員が与えることができる知識は、ほとんど巷《ちまた》で簡単に手に入る」

「そうですね。そのなかで新しいシステムと秩序を生まなければならないんですからね。それに基本的に、大学というところは集まってくる学生に単位や学位を出さなければ成り立たない。買い手市場になってしまうとかなりつらいですね」

「それに大学教育になじむ学問とそうでないものがありそうだね。そしてどちらに入るか、その分かれ目が以前と変わってきているように感じられる。学生のニーズに合わせて同じような学部、学科が雨後のたけのこのようにできすぎだよね。大学に関してはやはり買い手市場にしちゃダメなんだよ。数と質をコントロールしないとね。競争原理に立つとやはり商売になると思える方向にどんどん流されるのは当たり前のことだからね」

「大学もどんどん変わりつつありますね。補助金が少なくなって独立採算の傾向が強くなるとたいへんですね。大学が知恵のゴミ捨て場にならなきゃいいがな、と思ったりしますよ。大学が知識と知恵のダムとプールの役目を果たせなくなったらどうなるんだろう。大学に吸い上げられて使い古される頭脳が現場に無限にあるのなら、それでひとつのシステムとして成り立つかもしれないけど、そんなふうには見えないから、つまり質のよい頭脳には限りがあるようにしか思えないから、かなりまずいんじゃないかな。限られた頭脳を奪い合って、つまらない形で使い古しているのかもしれない」

「そうだね。教育というか文化をどう育てるかというのは本当に社会の根本的な問題だからね。でも、むずかしいな。教育や文化の内容までコントロールしようとすると妙なことになってしまう。構造というか教育の場のかたちだけ整えて、あとはある程度時代の成り行きまかせにせざるを得ないものな」

「たしかにね。怖いことですが」

「まあ、最初はパイオニアの高揚感があるんだけど、パイオニアの人間が作る機械や装置が社会の仕組みを規定してしまうだろ。例えば、携帯やインターネットみたいにね。これらは社会のコミュニケーションの基本的なツールを変えてしまうわけだから、その上にどんな文化状況が出現するかは誰にも何十年か経ってみないとわからない。その影響はしばらく時間が経過しないとわからないからね。とても危険でもある。その不安を防衛するためにマニュアルがはやるんじゃないのかな」

「なるほど。でも結局目が見えない人がビジュアル系のマニュアルを作ってるような不自然さはありますよね。総合学習用のマニュアルができちゃ困るんだけど、やはりそれらしいものができてしまった」

「ほかにやりようがないからね。もっと自分たちの基盤になっている文化に対して、提出された手段がふさわしいものかどうか見極める目のようなものが必要なんだろうけど、そんなものやはり誰にもわからないわけでね」

「文化が熟成されるのに何十年もかかるとすると、そのとき提出される手段がふさわしいかどうかを決めるのはたしかに至難の業《わざ》ですね」

「そうだ。むずかしい。しかし、そんなことも言っていられない」

「でもやはり国が作る枠組みの問題は大きいです」

「たしかにね。医療と教育に独立採算を求めていったいどうするんだろう。そんな荒療治を含めて一度数を減らさなければどうにもならないという意味なのかな。基本的には国がある程度保証しないとどうしようもないだろうけどね」

「たしかにむずかしいですね。国は専門学校に大学が持つ権利をかなりの部分与えようとしています。つまり専門学校の大学改組がはやりになっている。大学をどういう形に変えようとしているのか、もうひとつよくわかりませんね。たしかに変えなきゃダメだとは思うんですがね。これは大学より下の学校についても同じです。生徒にゆとりがないんじゃなくて、学校にまったくゆとりがなくなりますからね。教員も生徒も評価の仕方が神経質に細分化されてくる。これでは、生徒に目を向けて何かをじっくり感じるゆとりがなくなる。教員にゆとりがなくなると、学校が求める内容をこなすのがつらい生徒にそうかかわってもいられなくなるし、生徒の方も学校にいるのがかなりつらい」

「なるほど。でも、職業がコンピューターをいじるか、営業で客をつかむかくらいしかなくなってしまうんでは、どう転んでもきついと思うな」

「たしかに」

「だろ」

亮と大山

理恵のベッドは窓に面している。窓からさしこむ木漏れ日が心地よい。夏の間中、さすがに日の光が強くていくらか閉口していたのだが、この何日か、ずっとしのぎやすくなってきていた。理恵の入院はもう三カ月を過ぎようとしている。

「理恵！」

麻衣の声で振りかえる。向かいの洋子も軽く会釈する。

「友だちの麻衣よ」

理恵は麻衣のうしろをチラッと気にしたが、人影はない。麻衣が勘づいた。

「亮？　来てるよ」

でも、入り口のところで変なおじさんの抱えてた本を見たとたん何か話しかけて、そのままずっと喋りつづけているので、放ってきたのだという。一緒に廊下に出てみた。亮が大山とホールのイスに腰掛けたまま、興奮した面持ちで話しこんでいる。二人は顔を見合わせた。

「…………」

「そうですよね。人類は何も進歩してないですよね。乗り物をかえて同じところを回ってるだけだ」と亮が言っているのが聞こえた。

「…………」

近づいても、亮は二人に気づかない。

「亮」

「やあ、理恵さん」

亮は麻衣に呼びかけられて気まずそうな、ちょっとうっとうしそうな表情を向ける。大山のほうがすまなさそうにかしこまってしまっている。

「じゃ、私はこれで失礼します」

大山は気をきかせてその場を離れようとした。

「ちょっと待ってくださいよ。この二人も『地中海クラブ』のメンバーなんですよ。二人とも興味あると思う。少しお部屋にお邪魔していいですか？」

二人はもう一度顔を見合わせた。大山も、「私はかまわないが、いいのか？」と言いたそうな顔をして二人を見ている。結局、三人は彼のあとについて部屋に入った。理恵は廊下で大山とすれ違うことはあっても、話しかけたこともなかった。彼女にとって大山は、いつも本を抱えている変なおじさんでしかなかった。ベッドの両脇に積み上げられたおびただしい本の山。古い修道院の図書室さながらのややかびた匂いが充満している。ソファの上にも本。わずかにあいた窓のカーテンから庭のイチョウがのぞいている。まだ青い。

本棚にはぎっしりと聖書やエリアーデの宗教書。ほかに『指輪物語』、『アラビアン・ナイト』、『ナルニア国物語』、『ゲド戦記』、『タイム・マシン』、『海底二万海里』、『ガリバー旅行記』、『ユートピアの思想史』『実現されたユートピア』、『ミュンスター千年王国』、『都市廻廊』、Ｈ・Ｇ・

ウエルズの『世界文化史体系』など。理恵はタイトルを読み上げてみるが、何の本が並んでいるのかよくわからない。

「幻想からユートピズムまでかかる天下の奇書ばかりだよ。すごいな」

つぶやいたまま亮が呆然としている。大山はそれまで抱えていた本をベッドにそろりと置いた。

『地中海』。

亮と大山が本棚の本を手にして、またしゃべりはじめたので、「こりゃ、だめだ」、理恵と麻衣は外に出た。ちょうど向こうから小谷がやってきた。

「ん、どうした？　あなた、麻衣さん？　だったね」

視線を向けられて、麻衣は軽く会釈する。先ほどからの状況の手短な説明を受けて、「じゃ、ぼくも」と、小谷も大山の部屋に消えてしまった。

理恵と麻衣は部屋に戻った。

「ったく。亮ったら。何を考えてるのかしら」

麻衣がげんなりした顔をした。

「まあ、いつもこうなんだけどね」

ぶつぶつ言っている。クラブのメンバーでどこかに挨拶なり打ち合わせに行ったとき、よく別室で変なおじさんと話にふけってしまって、いつまでも出てこないことがあるのだそうだ。

「小谷先生もかなり変でしょ。わたし学校に行けなくなっちゃうよ。どうなるのかしら」

「あら、ここから学校に行けばいいんじゃないですか」

洋子は小谷の外来に通ってきていたのだが、ここから学校に通う条件で入院したのだ。

「まあ、たぶんそんな話になるんだろうね。でも、学校まで遠いよ。でも、ここも案外悪くないかもね。亮もどうせ変なんだから、ここに入院しちゃえばいいのよ」

麻衣がさかんに男三人を茶化す。理恵は、退院をとめられたことから、小谷に対して複雑な思いを抱きつつ、やや安堵感も抱いている。でも、とにかく、現実的な戦略を立てなければならない。洋子はとても小谷を頼りにしているようだ。

三人の目が窓の外にくぎ付けになった。庭を小谷と大山と亮が楽しそうになにか話しながら歩いている。真ん中が小谷で両側に大山と亮。

「かっこいい子なのにね。変なの？」

洋子の問いかけに「そうなのよ」理恵と麻衣がおもわず口をそろえた。そのとき庭のほうが騒がしくなった。

「おかしいわね。なにかあるのかしら？」と麻衣。

三人の前を認知症気味の老人のカップル、そのあとを二、三階の病棟の患者たち、そして看護師や他の患者までが続く。

「あ、そうだ。今日は本の日。わたしたちも行こうよ」

集団療法

　理恵に誘われ、麻衣と洋子も庭に出た。今日は近くの本屋の原さんが病院の庭で青空市場を開く日だったのだ。コミック、雑誌を中心に本が山積みされて、みんなそれぞれ手に取りながらガヤガヤやっている。なかには注文を出していた人もいて、原さんが忙しそうに本を手渡している。大山もひと通り広げられた本に目を通すと「大山」と大書されたダンボールを受け取って亮と一緒に部屋に引き揚げていった。小谷も何冊か手にし、看護学生に囲まれてご機嫌の原さんに一言二言声をかけてその場から離れていく。理恵たちも雑誌を買って部屋に戻った。

「へー、おもしろいことやってるのね」

「でしょ。ほかにもいろいろあるのよ。今日は音楽療法もやってる日だから、音大から先生が来てるはずよ」

「そういえばピアノの音がしてた。理恵はやらないの？」

「わたしはパス。希望者だけ。でも、誰でも使える音楽イスもあるの」

「音楽イス？　おもしろそうね。でも、名前からは電気イスも連想させるよ」

「そんな連想する人は麻衣しかいないって、本当に。自分の好きな曲をセットしてかけると、すわってるイスが少しゆれてね。気持ちいいよ」

「好きにやればいいの？」

「わたしたちはね。でも、音楽療法がきちんと組み込まれている人には、細かいメニューがあるみたい」

三人は病棟入口のホールのソファに腰かけてまたしゃべりはじめた。いろいろな人が前を通っていく。

「今日は木曜だから、午後もみんな病棟にいるんだよね」

「フーン、そういうことになってるのね」

亜季がやってきて、少し会話に加わった。宮田も通りかかってこちらをチラッと見て頭を下げた。この日は普段パートに行っている人たちも院内にいるので賑やかだ。しばらくして集団ミーティング開始のアナウンスが流れた。みな、ぞろぞろと小ホールに向かって歩きはじめる。亮がふらっと帰ってきた。

「今からミーティングがあるのよ。麻衣たちはどうする？」

「帰るわ。また来るね」

麻衣と亮はいとまを告げて、理恵と亜季と洋子はホールに向かった。

小ホールでは小谷が十数人の人たちを前にしていた。照明が少し落としてある。理恵たちが座ると小谷が話を始めた。彼は個別の面接と並行して自律訓練法を利用した集団療法も試みていた。

自律訓練法とは西ドイツの精神科医シュルツが編み出したセルフ・コントロールによる心身弛緩法である。自律状態では心理的には感情の鎮静化、生理的には自律神経系の安定が得られるので、不安や緊張に伴う神経症や心身症の治療法として用いられる。基本となる標準練習と上級の各症状に合わせた特殊練習があり、被暗示性の亢進《こうしん》、イメージの出やすさ、カタルシスの起こりやすさなどの心身の変化を治療に利用する。

「じゃ、いいかな」

集まったみんなにポーズの要求をした。用意された背もたれのあるイスに少し深めに腰掛けて膝を握りこぶしふたつくらい開く。両手を大腿の上にのせて軽く目をつむる。

「気持ちが落ち着いています。とてもいい気持ちです」

何度か繰り返して暗示に入るよう促した。

「気持ちが落ち着いています。とてもいい気持ちです」

「気持ちが落ち着いている」という背景公式のあと、重感「手足が重い」を右手―左手―右足―左足の順で行い、次に温感「手足が温かい」に進む。ここまでが基本公式。このあと呼吸器・消化器や頭痛・循環器症状など特殊な病態に合わせた練習が始まる。ただ、ときとして予期せぬ奇異反応が起きることもあるので要注意だが、一カ月もやるとほとんどの人が重い感じや温かい感じがわかるようになる。

身体感覚に受動的に注意を集中する治療法は、心身医療のなかでは大きな流れを持っている。それは近代医療の展開のなかで、心と体に対する扱いが乖離《かいり》してしまったために多くの心身健康障害を生み出してしまったのではないか、という悔恨の上に立つ。身体症状の声に耳を傾けるボディ・フォーカシングなどもその流れを汲む技法のひとつである。「体の内なる声を聴け」。

小谷のかけ声のもと暗くシーンとしたなかでしばらく受動的注意集中が続く。十分ほどで「はい、目を開けて背伸びをしよう」と号令がかかった。集団の場になじめない大山は参加しなくてもよいことになっていた。理恵は、はじめ入院前に居酒屋で経験した、ずり落ちるような反応が出かかったが、コントロールできるようになった。由美もチューブが抜かれたあとこの集団療法に参加するようになっていた。

自律訓練法でリラックスしたあと小谷が簡単な講話をやる。その場でみんなに共通した問いかけをしたり、連絡事項があれば告げられたりする。看護師からのお知らせもある。ミーティング中にピリピリした雰囲気が漂うこともあれば、穏やかな交流会としての機能を果たすこともある。また、患者同士が集団で妙なことをやらないようにくぎをさす場でもある。小谷など職員が一番気をつけて目を光らせていることのひとつに患者同士の薬の貸し借りと院外への流出がある。精神科病棟では原則として薬は一人一人職員の目の前で飲ませるが、心療内科病棟ではそこまでの確認はしない。

小谷にとって、この場は患者同士の親密さ、感情のもつれなどお互いのインターアクションを観察する絶好の機会でもあった。

小谷はこのとき、それまで気づかなかったある患者同士の親密な関係に気づいた。意外なふたりだった。それは由美と先日入院したばかりの拓也である。

拓也は田舎から上京して、ＩＴ関連会社に勤めていたのだが、次第に気分の揺れがひどくなり、自宅から近いこの病院に休養目的で入院してきていた。体育会系の実直さと優しそうな風貌で、やや年上の女性患者たちのアイドル的な存在ではあったが、彼自身は決して性的に奔放なタイプには見えず、若い摂食障害の女性患者たちに興味を示す中年男性の患者たちとは明らかに異質な存在だった。

それだけに、それほど話が弾んでいるわけではなさそうだが、由美と拓也の間に漂う親密で閉鎖された空間を感じ取ったとき、小谷は驚きに包まれた。そこには由美と男性患者の交流という意味での意外感も含まれる。

千夏の病状

理恵と千夏は一番離れた席にすわってお互いにときどき鋭い視線をとばし合っている。小谷は理恵と千夏のいさかいを知らないわけではなかった。そして千夏の現在の揺れやすい状態が理恵への陰性感情をふくらませているのだと感じていた。

彼は、千夏を病棟内でもっとも危ない、周囲を混乱に巻き込みやすいタイプの人格障害とみていた。人格障害については大山ともよく議論になる。小谷は千夏に、幼少時に受けた虐待の大きな影を読み取っていた。あるいは、彼女は虐待を呼び込んでしまう性質を持つといえるのかもしれない、小谷はそんな病状の読み方もしながら、慎重に対応していた。

彼女は激しい気分の揺れ以外に睡眠障害や軽い過食傾向を持ち、万引きで補導された経験も持つ。妄想状態に陥ることもある。そして、小谷は千夏に、くりかえされた虐待によるトラウマの治療のためのある特殊な療法を試していた。それが一時的に彼女に大きな不安感をもたらしていることに気づいていないわけではなかった。それだけに周囲の患者への影響に細かく気を配っていた。

　千夏は宮田にべったり寄りかかっていた。宮田は群れるのが好きではなく、どちらかといえば一匹狼である。そのために職場でも失敗をくりかえしている。自治組織のまとめ役も、半ば義務として小谷の補佐を意識してやっている。

　千夏に寄りかかられるのも、じつはあまり心地よくはない。このことは小谷にも告げていた。しかし、エネルギーを使ってまで拒むほど毛嫌いしているわけでもないので、求められるままに関係も持った。宮田も会社のストレスを家庭に持ち込んでしまい、妻と険悪な関係にあったので、その処理を必要ともしていた。

　この性的不満の処理も、入院している患者同士の間で必ずしも珍しいことではない。もちろん入院中に病院のベッドで妙なことをやるわけではない。同じ場所に外泊したり、外出中に愛し合ったりするのである。小谷も「変だ」と勘ぐらざるを得ないケースに出会うことはあるが、あえてそれを問い詰めることはない。病院外での行動は基本的に患者の自由だし、患者の責任内だと理解していた。ただ、宮田と千夏の間の微妙な雰囲気には勘づきもし、千夏が不安定なだけに心配もしていた。

　宮田はどちらかといえば、千夏よりも理恵に好意を抱いていた。男女としての関係を持とうというのではなく、物事の処理の仕方や受け止め方など、その性質に自分と似たものを感じて、親近感を抱いていた。だから、千夏が理恵を激しく攻撃するのを聞くのは、じつは相当つらかった。

小谷は宮田のその気持ちもうっすらと読んでいた。また、千夏が理恵に向ける悪意は、千夏の不安定な気持ちの投影なので、必ずしも対象としての理恵を、激しく「論理的に」理由があって恨んでいるのではないことも感じていた。要するに、千夏の不安定な気持ちの矛先が一時的に理恵に向いているだけなのだ。したがって、面接のなかや何かのきっかけで、千夏の投影の先を変えることができれば、理恵は千夏にとって必ずしもいつまでもバッドな存在のままではないのである。逆に二人が極端に親密になることもありうる。

亮と理恵

それからのち、麻衣はほぼ定期的に見舞いにやってきた。亮もときどきやってくるのだが、いつも麻衣と一緒にやってきて、理恵とはほとんどしゃべらず、大山の部屋で話し込んでいる。この亮の自分に対する仕打ちは、理恵にはずいぶん意外だった。(私のことが心配で来てくれているのではないのか?)

麻衣は理恵にしきりに退院を勧める。理恵は麻衣に外泊についても相談した。麻衣もどうしたものか考え込んでいる。相変わらず盗難事件が病棟全体に重い空気をもたらしていた。小谷も、この時期の理恵の外泊についてはやや慎重にならざるを得なかった。理恵は無性に焦りはじめていた。

そんなとき、亮がひとりで病院にやってきた。ひとりでの来院は初めてである。いつものように大山の部屋に向かわず、まっすぐ理恵の部屋にやってきた。

「ぼくとすこし歩こう」

亮が誘う。亮とふたりきりというのは、入院の直前に彼の部屋で過ごして以来である。そのあと見舞いに来るときも、亮から理恵との距離を縮めようとすることはなかったのだが。

理恵と亮は病院を出てかなり歩いた。会話はあまり弾まなかったが、理恵は突然訪れた亮とふたりきりの感覚をおどおどと味わっていた。理恵の部屋での光景、入院直前の亮の部屋での光景がわずかによみがえった。

しばらく歩くと、目立たないよう茂みに隠されて横向きに入り口がついているホテルがあった。理恵もこのホテルの存在は知っている。小谷の散歩コースと反対側にあり、患者の多くも知っている。亮もどうやら知っていたらしい。

「歩きながら話すと疲れるから、ここで少し横になって休もう」

亮がボソッと持ちかける。

(こんなときに何を言い出すのか)

理恵はあきれもしたが、拒否もしなかった。

「過食の具合はどう?」

最初、亮は形だけ理恵の状態を心配する言葉をかけてきた。

たしかに亮はつらそうだった。部屋に入ると、服を着たままベッドに大の字になった。横になると、亮が話しはじめた。理恵の窮状を思いはばかる言葉は最初の一言だけで、おもに自分のことばかり話し続ける。理恵は亮の言葉に意識を集中することができなかった。しだいに亮の言葉がゆっくりしたものになりやがて静かになった。眠ったようだ。イスに座っていた理恵も、こっそりベッドに上がり亮の横に寝転がった。そのうち理恵の意識も遠のいていった。

何か夢をみていたようだった。父や光一やうっすらと見覚えのある光景が現れる妙な夢だった。亮も出てきた。横で亮が動いている気配がしたが、理恵は覚醒しなかった。しばらくして理恵は目覚めた。今度は亮が横で眠っていた。

理恵のジーパンのジッパーが半分ほど下ろされていた。自分でゆるめたのかもしれない。下着は下ろされていなかった。Tシャツの腹部がめくれ上がっていた。へそのまわりにふき取られたあとの精液のかすかなぬめりと匂いが残っているような気もした。

理恵は横で眠っている亮に目をやった。目覚めない亮を残してホテルを出た。少し歩いたところで、もう一組の男女がホテルから出てくる気配を感じて、木陰に身を隠した。宮田と千夏だった。ふたりはホテルを出て反対方向に足早に歩き去った。

小谷の困惑

小谷はその日大山の部屋を訪ねた。大山と少し話したいと思ったからである。

「さきほど亮君が来たようだけど、今日はここにはいないのか?」

小谷も、亮が病院に来ると、ほとんど大山の部屋で話し込んでいることを知っている。

「いや、今日は見ませんが」

「まあ、いいよ」

大山はかなり盗難事件のことを心配している。小谷も事件はともかくとして、その後病棟に不穏な空気が渦巻いて不安定になってしまったことには閉口している。

しかし、小谷はこのとき別の要件で大山の部屋を訪ねた。由美と拓也についての情報を得たかったのだ。小谷は医師だから、彼が病棟内をうろつくと患者たちは身を硬くするので、それほど生《なま》の情報を得られない。大山は案外病棟内のさまざまな人間関係を客観的に観察している。

「ああ、あのふたりですね」

大山にはピンときたようだ。彼はふたりの周辺事情を次のように読んでいた。


由美には、点滴チューブが抜けてからたしかに何かふわふわと落ち着かなくなってしまった時期があった。それまではすごく身を硬くして、彼女の少しあとに入院してきた理恵などごくわずかの患者としか交流していなかったのに、急に風船がはじけたように、いろんな患者に声をかけて歩くようになった。ただ、ふわーっと意識が集中できないまま語りかけてくる様子なので、若い摂食障害の患者に声をかけたがるおじさん患者たちも気味悪がって近づかないし、自治組織の中心にいる千夏も由美を仲間に引き入れる気配はなかった。

結局理恵だけがそれなりに相手をしていたのだが、彼女自身が自治組織との軋轢《あつれき》のなか自分のことで精一杯だったので、それほどちゃんと見ていたわけでもない。そんな状況のなかで、由美が、優しくて比較的きちんと受け答えをする拓也に、やや一方的に近づいていったようだ。ちょうど盗難事件が起きた頃だった。事件について大山は、落ち着きのない由美の様子から、由美が犯人、ということは十分あり得ると推察していた。

大山の洞察に小谷は複雑な表情を見せた。まずショックだったのは、大山からもたらされた情報について、彼がほとんど把握していなかったこと。病棟での公の物語は、看護師などからの情報をあわせて、小谷の目を通して語られるわけだが、彼が最も執拗に面接をくり返していた由美の物語に、彼の前で語られる以外に大きな流れがありそうなこと。小谷の前で語られるのは、あくまで彼を意識したものでしかないこと。由美は彼女の持つあるひとつの人格のなかでしか、小谷と接していない。そして、そのもっと大きな物語は、病棟のさらなる波乱要因となる可能性を秘めていると考えざるを得ないこと。この落胆は小谷にはおなじみのものでもあった。

「それにしても摂食障害って不思議な病気ですね」

呆然としている小谷の顔色をとりなすように大山が言葉を続けた。

「食べようと思っても食べられないというのも、それだけで十分不思議なんですけど、なんというか独特の雰囲気がありますね。特に拒食症は」

「まったくだ。まるで体全体が妄想に巻き込まれているようなところがあるね。でもひどく妄想的な思考経路のほかに、明らかに自分の意識でコントロールできる経路も持っていて、一つの心身の中でそのふたつが統合されずに別々に存在しているんだよ。いや。ちがうな。さまざまな妄想的な無意識の流れのなかで都合よくあちこちつなぎ合わされたものが、偶然私たちの意識を作り出しているんだよ」

「なるほど。まるで世界の歴史のようですね。『地中海』の世界です」

この言葉にくっくっと含み笑いしながら、小谷はやっとやや我を取り戻した。

「たしかに摂食障害は難しい。世界の歴史のようにね」

自分に言い聞かせるように、小谷はしばらく摂食障害について語り、大山はしばしば小谷の講義に耳を傾けることになった。

摂食障害の生理

――摂食障害とは生理的には、視床下部の満腹中枢か空腹中枢に一時的な異常をきたしているか、あるいはそのあたりの発達が十分でないため、比較的小さなストレスでも調節がうまく取れなくなってしまう病態が基本に違いない。いくら大きなストレスがかかってもこの中枢が丈夫ならば摂食障害という形で病が現れるはずはない。摂食というのは身体の最も基本的な生成・防御の作業だからね。これが不具合を起こしてしまうのは本来とてもまずいこと、許されないことなんだけどね。生理的にはさらにさまざまな説明が試みられている。

身体防御の生理的な説明はおおむねホメオスターシスを軸に行われる。ホメオスターシスは環境つまり体外からの刺激に対して、動物が体の恒常性を保つための基本的な防御・調整の仕組みなのさ。外からの刺激に対して一定の防衛が働かなければそもそも生命活動は維持できない。

ホメオスターシスの具体的な機序について生理的に説明するには、渇きを取り上げるのがわかりやすい。渇きとは「水を必要としていることの心身のあらわれ、これ以上水分不足が進むと体の恒常性が保てなくなるというＳＯＳ信号」と理解できる。水が供給されない状態でしばらく過ごしていると、体のふたつの水分容器が空になる。ひとつは臓器中の細胞内の貯蔵物で、もうひとつは血液などいわば細胞外の貯蔵物なんだよ。水が供給されない状態が続こうが続くまいが、皮膚からの汗や尿や肺からの排出物として水分は減り続ける。その結果細胞外液の量が減り、血圧が微妙に下がる。血圧の低下は通常意識には上がらないが、腎臓や心臓や血管の血圧受容器はいち早くそれを察知して脳に危険信号を送る。ここでホルモンを使って脳から腎臓に水分排出を引き締めるための伝令が飛ぶ。尿量を絞り、それと同時に飲水の欲求と行動が起きる。飲水が順調に行けばそれでホメオスターシスは回復されるのだが、それが順調に行かない場合、血液が濃くなり、浸透圧の作用で細胞内の水分が外つまり血管に染み出す。そして細胞内では渇水によるさまざまな異変が起き、かなり複雑な様相を呈してくる。ただよほど渇水状態が続かなければ、この異変は起きない。このように、水分の恒常性は「渇き」という巧みなフィードバックによって保たれているんだ。

摂食の異常は、これをもう少し複雑にしたものといえる。空腹満腹の制御。これは水分しか関係しない渇きよりもさらに多くの制御機構を必要とする。水分だけでなく無機物、有機物、それに固形物、流動物と多様な食材を体内に取り込まなければならない。当然臓器に要求される全体的な動き方も複雑なものが要求される。身体は急な行動を必要とされるときと、休息してエネルギーを補給し不要物を排出する時期とでは、自律神経による命令系統が変わる。機構が複雑になれば、そこにはより多くの勘違いやごまかしや間違いが介在する可能性がひろがる。そして、このような生理的な勘違いやごまかしや間違いは、すべて無意識のスクリーンに投影される。つまり身体発の妄想といえる状態が出現し、漠然とした不安感や緊張感として無意識に波が立ち、結果として意識がゆれる。

摂食とは味をよりどころにして、毒を避け、栄養となるものを摂取する長年の学習による所作ともいえる。人間もほかの動物と同様に糖分を多く含む甘いものにひかれる。体の細胞はエネルギーを産出するために燃料を燃やす。人間を特徴づけている巨大な脳の神経も同じなのさ。そして神経で使われているおもな燃料はグルコースで、脳幹や視床下部という食欲や性欲や睡眠にかかわる神経の大きな束そのものが大量のグルコースを必要とする。したがって私たちの摂食は、グルコースとそれを保持したり燃やしたりするための栄養素を摂り入れるためのよくできた学習行動と理解することができる。

養分の摂取はいうまでもなくきわめて重要だけど、人智学で知られるシュタイナーは『オカルト生理学』の中で、摂取された養分が変容して自己の一部になるいきさつについて次のようにとても雄弁に語っている。

食材はもともと体の一部ではありえない。ばらばらなものが消化管を通る過程で、取捨選択されて体内に取り込まれ、いくたびかの変遷を経て体を構成するひとつの要素となる。考えてみれば、食材そのものは口から入る前は自然のなかにあり、肛門から出てしまえば、また自然に帰るわけで、本来人間存在と関係はない。では、食材が人体に取り込まれるとはどういうことか。少なくとも、栄養摂取の行為そのものにすでに何かを捨て何かを拾う意識と呼べる自己体験が具現されている。逆にいうとそれが意識の原型ではないかとね。

シュタイナーはさらに、消化管から吸収される栄養素と肺から吸収される酸素ガスが体になじんでいく過程は、感覚器官から入手される情報によって意識が作られるのと基本的に同じ意味を持ち、同じく意識を形成する要因になると洞察している。そして、視覚や聴覚をもとに脳内でつくられる「明るい意識」に対比させて、消化管を中心に体内の奥深くでやり取りされる情報や所作にもとづく意識を「暗い意識」と呼ぶ。この「暗い意識」は体全体を巻き込む摂食障害の中で大きな役割を負っているのかもしれない。もちろん摂食障害だけでなく、体全体から発せられる意志のようなものを「暗い意識」と呼べるのかもしれないね。

「暗い意識」にかかわるこれらの生理作用は、直接「明るい意識」の世界に上ることはなくても、すべて精神作用に投影されている。その投影されたものの意味を読み取る作業は、体からのまやかし信号のため、ときとして大きく狂ってしまう。

意識の象徴といえる「こころ」は、生理現象からできるだけ豊富なサインを読み取らなければならない。そして、それを、前頭部が映し出すひとつの「共同の幻影」といっても言い過ぎではないかもしれない「人間社会」の生活に活かさなければならない。

拒食の人類学

「なるほど。『共同の幻影』といっても差し支えないかもしれない『人間社会』ですか。体全体どころか社会全体が妄想に巻き込まれている可能性もあるわけですね」

「正直そうかもな。私たちがやっていることが本当に正しいのかどうか、判断を下すことは限りなく難しい。というか、無理だ」

「ところでこの病院には摂食障害の患者さんが多いですね」

「そうだろうね。私が患者を集めているということもあるけどね」

「理恵さんも由美さんも摂食障害なんですよね。理恵さんと由美さんの病気はずいぶん違う気もしますが。理恵さんは普通っぽく見えますけど、由美さんは随分……」

「そうだね。理恵はごく駆け出しの過食症で、由美はかなり念の入った拒食症だよ。すこし説明してみよう」

「お願いします」

小谷は次のように解説した。

――拒食主体の拒食症《アノレキシア》と過食主体の過食症《ブリミア》でかなり様子がちがう。お互いに、食べ過ぎたり食べられなかったり吐いたりと同じような病相が出てきて生理的な病態にそれほど差が感じられないことも多い。しかし、人格的に見ると、両者はかなり違う。その生理作用と情動、感情系への投射経路にかなり差があると考えるべきなのだろうね。拒食症は、よりかたくなで自分のやり方に強迫的にこだわる。その「うそ」にも念が入っている場合が多い。

「うそ」について小谷は同僚の女医からおもしろい話を聞いた。彼女も「変だなあ」と思いながらだまされていたのだそうだ。病棟でまったく食事をしないのに瘦せないのだと患者が言う。医者になりたての女医は「そんなこともあるのかしら」と思っていたところ、病棟のトイレが汚物で詰まって困るという報告を受けるようになった。「なぜだろう」と思案にくれていたある深夜、病院の近くのコンビニでばったり大きな買い物袋を抱えた患者に会ったのだ。中身はお菓子やスナック、アイスクリーム。「なにやってんのよ」「同じ部屋の患者さんにあげるんです」「みな、がんで食べられない人ばかりじゃない」ここからの対応がおもしろい。「それ、いくらしたの?」「二万円ちょっと」「いいわ。わたしが買い取るわよ」「え!」「ちょっと、待って。お金が足りないわ。すこしまけてくれない?」「…………」ここは強制徴収してもかまわない場面だが、この女医はあくまで生真面目に普通の人に対するように対応した。そのあと次第に症状が氷解していく。

——摂食障害はさっきも言ったように、どう見ても基本的には脳機能とくに視床下部機能の異常だよ。ただ、視床下部は情動信号の発信源である扁桃核からの投射がとても強い。扁桃核のかかわる情動というのは衝動的というかいわば始源的な、危険なものが近づいてきたらそわそわと不安になったり、えさにできそうなものが近づいてきたらわくわくしたりというようなものだけどね。摂食障害では発信される情動そのものも揺れやすい。行動もね。私たちは万引きを見ると、まず食事の状態はどうかチェックしたくなるくらいだよ。厳しい摂食障害の患者の四人に三人は盗癖的な逸脱行動を起こすという人もいるくらいだよ。

それに食欲中枢が弱い人はまず自律神経も弱いからね。睡眠障害や性的異常も起きやすい。重層的な「視床下部の機能不全」といえる状態に陥ってしまうのかもしれないね。食欲や性欲や睡眠リズムはより複合的な機能と考えていいだろう。明確に形をとらえることができる身体臓器と形として見えない情動の中間に位置している。ただ、その働きは情動に比べるとずっと具体的にとらえられるからね。

リズムに関する問題もとても大きいはずだ。とくに睡眠覚醒リズムの問題は人間の根幹である意識集中にかかわるわけだからね。これもリズムが強固な人や脆弱なあるいは一般的でないリズムの中で暮らしている人もいるし、人間的な根源の部分にかかわることだからね。睡眠が四時間ですんでしまう人と八時間寝なきゃもたない人が同じ時間規制の中で生活している現代の仕組みは、ある意味驚異だね。

性差とか性衝動の強弱もね。もちろん性差は身体表現をともなうけど、これも胎児の時期からの男性ホルモンであるアンドロゲンにかかわる遺伝子の開き方に大きく影響される。アンドロゲンが分泌されなければ、すべての人間は子宮を持ち卵巣が発達してくる。つまり女性になるのさ。

アンドロゲンが大量に分泌されると、男性器が発達してどんどん男になってくるんだけど、アンドロゲンの展開の仕方が生涯の中で変化してきても何も不思議じゃないわけだよ。途中でアンドロゲンの力が弱くなれば女性的になるし、強くなれば女性が男性的になる。

成熟した女性や男性が性欲を情動や行為として展開していく場面では、エストロゲンやテストステロンなどその展開を助けるホルモンが別に影響を与えている。これらは直接的に生理作用を動かすとともに性的情動つまりフロイトのいうリビドーの後押しをする。でも、元祖のアンドロゲンとそれに乗って跳梁するエストロゲンやテストステロンなどの性ホルモンは絶えず葛藤をくり返し、それは一生続く。

これらがすべて人格の形成に関係してくるだろう。拒食症はあれだけ強い身体的傾きを持っているのだから、当然独特の人格を形成してくるだろうね。

「なるほど。たしかに拒食症の人は、みなすごくかたい、というかこだわりの強い独特の性格がありますね」

「そうだね。拒食症人格とでもいうのがありそうだね」

「そうですね。中枢の脳も身体も病気特有の雰囲気をにじませてくるわけですね。病気によって表出してくる特有のものを研究してみるとおもしろいかもしれませんね」

「精神や身体の病気がそれぞれ全体として特有の感情的な傾向や体格的な傾向を持つとした『類型論』の考え方は昔からあるんだ。『あの人はイヌ型とか、ネコ型』とかね。それと同じで、その人が持っている心身の体系が全体としてにじみ出ているという考え方で有名なのに、クレッチマーの類型論がある。うつ病の人は太っちょが多くて、分裂病の人はやせが多いというものだよ。ちなみに分裂病は現在では統合失調症といわれるんだけどね。ある人が形成する体格とパーソナリティにはよく観察すれば当然なんらかの関連性はあるだろうね」

「おもしろいですね」

「でも究極の類型化は『男』と『女』だろうね」

「それはいわゆる類型とは言わないんじゃないですか?」

「いや、いろんな意味で究極の類型だ。構造、ホルモンに導かれる機能、すべてが男か女かどちらかに方向付けされる」

「たしかにそうですね」

「ただ、それが交錯してしまうことがある。方向性を見失ってしまうのか、強く方向性が曲がってしまうのかはよくわからないけど。性ホルモンの元祖アンドロゲンの仕業でもある。拒食症なんていうのはある意味『女が男になる病気』だよ。少なくとも女が女であることをなくしてしまう病態が含まれる病気とは言えるね。それに拒食症の男もどうもあまり男らしくない。とても中性的な印象が強くなる。そんなことが拒食症の一番根本的な特徴なのかもしれない。このことに私たちはもう少し敏感でないとダメかもね。もっと聖なる、つまり象徴的な意味が込められているのかもしれない。過食症にはそこまでの、なんというか人類学的な象徴の要素は感じられない。とてでも、過食症のなかにも現代社会の多要素の問題が含みこまれていることに変わりはない。とても複雑だ」

「なるほど。おもしろいですね」

「それにもうひとついえるのは、拒食症はほとんどの場合なんとなく治ることがない。何かを見つけなければ治らないんだ」

「どういうことです?」

「拒食症の子たちの意識は神の領域をさまよっているかのように見えることがある。その様子は非常に中性的で、ある意味神聖で啓示的でもある。治すというか、こちらの世界に戻ってこようと思うと、なんというか、その社会のなかで自分が女性であることの価値を見出さないとなかなか治らない。社会的に自分が成熟することの価値を見出さないとね。でも、成熟って同時に何かからの決別を意味するだろ。治るための苦しい旅が、強迫的なこだわりを崩さないと終らない。ただ、こだわりのほうが正しい場合もあるのかもしれない」

「なるほど。治らないほうがよい場合もあるということですか?」

「そうは言わないけど、難しい」

「たしかに通過儀礼のようでもあるし、自我同一性の確立の問題のようでもあるし。どちらにしてもなんとなくわかる気もします」

「病因論としても類型の指し示す方向を注意深く観察するとおもしろいと思うよ。例えば、すべての女の子がダイエットをすると摂食障害になるわけじゃないだろ。でも、視床下部に脆弱性があってダイエットつまり食行動の乱れにとても弱いタイプの人がはじめてしまうとすべてが狂うんだ。ホルモンの流れをはじめとしてすべてが狂いだす。その視床下部の脆弱性はどこかにサインが示されていると思うんだけどね」

「じゃあ、それをあらかじめ察知できるといろんな病気の予防になりますね」

「まあ、そうだろうね。体つきをみることから血液検査まで予防科学としてすでに医学はいろんな方法を持ってはいるけどね。オーダーメイド医療というやつさ。器官の脆弱性を予知するための究極の手段は遺伝子解析だろうけどね」

「遺伝子解析が進むとすべて解決しますか？」

「まず、そうはならないだろうね。事態はもっと複雑になってしまうと思うよ」

「どうなりますか？」

「人の健康の問題がもっと複雑に巧妙に経済に組み込まれるほうが先だと思う。中途半端な解析は大きな混乱を呼ぶ。資本と連動してしまうと、間違いなく一部の金持ちにしか遺伝子解析はバラ色の将来を提供できない。国権の強い体制だと徹底的な国民管理につながりやすいだろうね。多くの人にバラ色の将来を約束できるという考えは幻想だと思うよ」

「たしかにね。国民皆保険の枠に遺伝子診断が加わるという構図は、日本ほど経済力のある国でもちょっと考えにくいですもんね。世界規模で考えるとまず無理ですね」

「そうだ。これほど地球が狭くなっているのだから、世界規模で達成できることでなければまったく意味がない。一部の金持ちの欲求を満足させるだけだよ。逆にそれは犯罪につながるケースが多くなる。悪意に満ちた考え深い人たちが、ほとんど何も考えていない無垢な医学者が貢ぐものを注意深く見守っているという構図が、アポリアの中で具現されるひとつの形だよ」

「なにか将来は暗そうですね」

「そんなことはないよ。遺伝子解析をやっている連中がどんどん失敗してくれればいいんだよ。原子力利用と同じように『やはりできませんでした』とね。ES細胞も同じで捏造事件やらいろいろなことが起これればみんなもその危うさに気づく。人間の力なんてそんなもんさ。人間の心身を遺伝子で診断することの限界が見えてくるよ」

「なんとなくそのほうが幸せに思えてきますね」

「私もそう思うよ。人間をぶっ壊してまでとことん力の源泉を突き詰めていく構造は現在の世界にはないよ。必ず強烈なゆり戻しが来る。金を出さないとか社会的制裁が発動されるとかね。それが近代から現代にかけての一番大きな社会的な発明だよ。モダンのあとにはポスト・モダンがあり、コロニアルのあとにはポスト・コロニアルがある。歴史の教訓から極端なものを極端に恐れる文明ができあがっている。恐怖症に近いね。でも、その恐れにも意味があるんだろうね。社会的恐怖がうまく進化の過程に組み込まれているといえるかもね。少なくとも、いくらか進んだあとでそれが社会全体にとってどんな意味があるのかを分析する暇がないような仕組みのままでいつまでもやってちゃダメだ」

「でも、そんな悠長なことが許された時代ってあるんですかね。いつもとりあえずそこにあるものを組み合わせながらいろんなものが生まれてきた」

「たしかにそれもいえるな」

少し元気を回復した小谷は、大山の部屋をあとにして病棟回りに出ていった。

小谷はそののち由美と拓也の動きにそれとなく注意を払うようになったが、彼が抱いた悪い予感は的中することになる。

由美と拓也

由美はその後次第に落ち着きを取り戻したように見えた。小谷も、由美の変調は、点滴チューブを抜いたあとの一時的な高揚感によるものだろうと判断した。拓也も元来大勢の前で女の子とべたべたするタイプではないようで、由美との閉じられた空間を感じさせはしたが、ごくつつましくしていた。

小谷は、拓也との関係で、由美が異性に目覚めたのだとしたら、それはそれで悪くないと肯定的にみようとした。ただ、小谷は経験上、一度目覚めた異性への感情が、もう少し衝動的な形をとる場合があることをよく知っていた。

ある夜、当直をしていた小谷は、看護師詰所で看護記録を読んでいたところ、美里に声をかけられた。

「先生、どうも変なんです」

「何が?」

美里から次のような報告を受けた。

二、三人の男性患者から「夜中に男性トイレの個室の中で女性のあえぎ声がする」という話があった。男性の荒い息遣いも一緒に聞こえるという。患者が用足しに入ると、あえぎは止まるし、あまり妙なことに巻き込まれたくないので、彼らは黙っていたのだが、どうもあえぎ声の主は由美ではないかというのだ。しかもその時間帯に拓也が自分の部屋にいないという。一、二度ならそのままで終わったのだろうが、最近頻繁になってきたので、とりあえず美里に相談があったということのようだ。

ただ、現象としてそんなことが起きているのはたしかなようだが、誰と誰がどうしているという確証はまったくないし、美里も困って小谷に報告してきたのだ。

小谷はまず宮田に「知っているか?」と確認した。「知らない」と言う。宮田も驚いていた。宮田を通して自治組織内で確認が行われたが、少なくとも女性患者は誰も知らない。夜中トイレで吐いている患者はたくさんいるのだが、みな自分のことに夢中になっているのか、気づいていない。理恵に遠まわしに聞いてみても、まったく知らない。組織内の男性患者のひとりは「吐いている女の子の泣き声や苦しそうな声がすることはある。たまにそばで介抱している男性患者もいたりするので、それを勘違いしているのではないか」という。なるほどたしかにそういうことはあるかもしれない。

ただ、情報源の男性はいずれも自治組織には属していず、小谷の受け持ち患者でもない。院長の患者だったり、寝たきり老人を診ている内科の先生が生活習慣病の教育入院をさせている患者で、病棟内の患者同士の心理的なやり取りに詳しくない。小谷が直接治療を手がけているわけではないので、基本的に面談はできないのだが、病棟医長の権限で事情を聞いた。「いや、あれはたしかにその行為中の声だと思うが、誰かははっきりわからない」と言う。「ただ、はっきりしてくれないとこちらも落ち着けない」と言う。たしかにその通りだ。

決め手がないので、小谷は意を決して拓也に遠まわしだが、直接話を向けた。意外なことに拓也は「その通りです。私と由美さんです」と苦しそうに、しかし、あっさりと告白した。

拓也は次のように自分の胸中を語った。

——行為は由美に迫られてのことである。自分は田舎者だし、臆病なほうでもあるので、自分から由美に声をかけることなどできなかった。ある日突然由美から声をかけてきた。ふたりの間は普通に深まったのではない。由美が私をしっかり見つめてくれて少しずつ関係が深まったのではない。彼女が何かから逃げるように、何かに抗《あらが》うように、正常な意識がないまま一番近づきやすい私に飛び込んできたという感じだった。トイレでの行為も、自分としてはひやひやするばかりで、いつも由美から迫られてのことだった。でも、私はもうとてもここには居られないので、今すぐにでも退院したい。でも、ひとつ信じてください。私と由美さんの間には、結局、体をこすりつけられているだけで直接的には何もありませんでした。

小谷には十分納得できる説明だった。拓也の退院をすぐに許可した。拓也が出ていった日、小谷は美里と連携して由美の様子を監視していたが、彼女はとくに取り乱しはしなかった。かえって落ち着いた一日を過ごしているようにさえ思えた。この一件は結局病棟全体を揺るがすような騒ぎにはならず、由美はまた理恵のそばにいることが多くなった。由美からは、面接のなかでもこのことについて小谷には一言も語られなかった。

第二部　それぞれの旅路

由美の外泊

しばらく病棟は盗難事件の重い空気を引きずったままだった。ほどなく理恵の退院願いに続き、由美から外泊の申し出があった。意外な申し出ではなかった。

拓也との一件のあと、小谷は、由美とほかの男性患者との距離をこれまで以上に慎重に観察するようになっていたのだが、彼女を一度自宅に帰したほうがよいと判断していた。症状が落ち着くと、退院へのステップとして、試みに自宅で何日か過ごしてみる外泊は、この病気では一般的なことである。由美にもそろそろ外泊を認めてもよい時期ではあった。

ほとぼりを冷ます意味もあった。ここで一度入院生活の流れを切って整理しないと、この後もいろんな問題が出てきかねない。拓也のようなことがまた起こりかねない、という心配もあった。(だがどうかな。やはり外泊はまずいのではないかな) 彼女の場合、小谷はさすがにためらった。拓也の件を考えると、本来なら、閉鎖病棟に送る判断もあり得る場面である。

それに、外泊先は当然母親のいる自宅である。小谷には、由美の母親和子のことが気になっていた。こちらの言葉と感情がうまく伝わっていかないコンタクトの悪さ。由美の正気と狂気に、母親がどの程度関わっているのか測りきれていなかった。(本当に大丈夫だろうか。和子の病理は、見た目よりずっと重いのではないか)

でも、とにかく由美の治療に動きが欲しかった。長くなっている入院期間や執拗な面接が彼女にとって大きな圧力になっている可能性もある。外泊でストレスが軽減するかもしれない。逆に、外泊が大きな変調をもたらす場合もある。ただ、外泊して急に調子が落ちるようなら、それはそれで診断的意味はある。

なにより病棟にも何らかの動きが欲しかった。「やってみるか」彼女が今回の盗難騒動の張本人である可能性は否定できなかったが、小谷はしばらく思案したうえで承諾した。

由美の外泊の日程が慎重に検討された。何度かの話し合いの末、日程が決められた。翌日から外泊がはじまるという日、由美は理恵に「じつはとても不安だ」と告げた。理恵は「大丈夫」とはげましたが、自分より先に由美が動き出すことについては、やや複雑な気持ちを抱かざるを得なかった。

外泊は話し合いの結果、三日間となった。最初の外泊としてはやや長い。土曜日曜をはさむが、和子がパートを休んで由美と一緒にいることを条件とした。

小谷は和子の表情を確認した。やはり生気がない。少なくとも、娘を迎えようという気概が、この母親からは感じられない。由美はこの母親と一緒にいることができるのだろうか、小谷は常々疑問に感じていた。

和子は、何かとの闘いに疲れ果てたあとの、中毒者に特有とも思える雰囲気を漂わせている。その眼に光はない。あるいは、もともと自我という人間意識の実体が培《つちか》われていない存在特有の生気のなさ。

由美は外泊に出かけた。外泊の二日目、当直していた小谷は、院外からの電話で起こされた。

聞き覚えのないほかの病院の事務当直からの電話で、すぐ当直医にかわった。

「小谷先生ですね。お宅に入院している佐藤由美さんが手首を切ってこちらに搬送されています。応急処置は終わりましたが、患者が先生を呼んでいます。すぐおいでいただけますか?」

当直医の、ややうんざりした声が飛びこんできた。横浜の由美の自宅近くではなく、祖母がいる家から近い厚木の病院からだった。

「どうして祖母の家なのか?」

一瞬いぶかしく思ったが、考える余裕はなかった。

「わかりました」

小谷は院長と看護当直の美里に連絡すると、すぐに飛び出していった。

「なんてことをしてくれるんだ。それにしても自宅にいたんじゃなかったのか」

祖母の家は、小谷の病院からはかなり遠い。救急車は、その家の近くの外科病院に飛び込んでいた。小谷は目をこすりながら車を走らせた。頭はまだ眠気のためもうろうとしている。

祖母の家

祖母の家については、由美から、いま母と暮らしている自宅よりも、むしろ多くのことが語られていた。祖父母とその家について語るとき、由美は明らかに生気を取り戻しているようだった。

由美の祖母エイの家は、神奈川の北部、大山《おおやま》のふもとにある深沢という大きな農家である。母和子は横浜の街中の出身だが、結婚後しばらくして夫の実家である深沢に移った。祖父母が請け負っていた農作業は、しなくてもよいという条件だった。ただ、和子は移り住むまで農作業に漠然とした憧れを抱いていた。夫は会社勤めをつづけたが、ゆくゆくは祖父母の後を継いで農業に従事することが暗黙の了解事項だった。和子は地元の公共施設に勤め、夫が農業を始めたら、忙しいときだけは手伝おうと決めていた。内心それをひとつの楽しみにもしていた。

それほど無理がある人生設計には見えなかった。由美は小学校時代を大山のふもとで過ごしたのち、中学校から横浜市内の私学に通った。やがて祖父平吉が倒れ、エイが介護で付ききりになった。

しばらくして和子とエイの関係が険悪になった。和子はあまり介護を手伝おうとしなかった。農作業は手伝おうとするのだが、その作法にエイがいちいちケチをつける。ふたりは由美の前でも口論するようになった。

父と母の仲もしっくりこなくなった。父は、このような状況にいたれば、農作業を継承するはずだったのだが、勤めをやめようとしなかった。家の中ではいつもいらいらして、次第にアルコールにふけるようになった。由美も父があまり好きではなくなった。家庭のなかをいつも重苦しい空気が流れていた。

由美はときどき平吉の介護を手伝った。案外いやではなかった。平吉は由美にも和子にもやさしかった。家のなかを流れる重い空気を察知して気にしていた。平吉が元気な間はそのオーラでゆがんだ重い空気を抑えていたのだが、力が衰えたあと、家中のあちこちで破綻が目立ちはじめていた。

毎週決まった曜日に近くの医師が看護師とともに寝たきりの平吉を往診に訪れた。実家は、山のふもとの大きな庭のある一軒家で、裏は畑からなだらかに山につながる。村のなかでは一番山に近い。平吉のベッドは、玄関を入り居間を抜けた次の間にある。エイはいつも居間でテレビを見ながら平吉の様子をうかがっている。ベッドからもテレビは見える。平吉にテレビの内容がわかるのかどうかはやや怪しかったが、いつもテレビとエイのほうを向いていた。ベッドのある部屋も風通しはよい。山からの風にまかせて気持ちよさそうにしている平吉の姿を由美はよく覚えている。

ある冬枯れた日、それはちょうど旧暦の正月の大きな祭りの最中だった。エイをはじめ家中のものが祭りの手伝いに出ていて、由美が留守番をしていた。いつもの医師とは違う、見慣れない医師と思《おぼ》しき人が訪ねてきた。顔をよく見ようと思ったが、長い髪と顔の半分を覆っている防寒着のため、確かめることができなかった。このとき由美は体を動かそうとしても、まったく動けなかった。そばにはこれも見慣れない看護師と思しき人がいた。医師は躊躇している由美の前で平吉の脈を取った。

「この方は明日、山に帰られます」

そう言い残して去っていった。

次の日、山に大きな風が吹き、平吉は死んだ。由美は死にゆく祖父の顔をじっと見つめていた。魂が離れて、体がただの有機体の集まりに還っていく様子が手に取るようにわかった。やがてそれはさらに無機体に散り別れていった。主《あるじ》が家を去る瞬間だった。平吉が死んでしばらくして、母は由美を連れて家を出た。

救急病院

病院の救急室に飛び込むと、由美がベッドの上に横たわっていた。そばには和子とエイがまごついた表情のまま立っている。声をかけようとしたとき、当直医がうしろから声をかけてきた。

「案外深かったです。放置していると少し危なかったかもしれません」

形だけのねぎらいの言葉のあと、うんざりした「なぜこんなことが起きるんですかね」とでも言いたそうな顔が小谷に突き付けられる。

「すみませんでした」

一礼して、もう少し詳しい状況の説明を受けた。当直医にぺこぺこ頭を下げてから、もう一度由美の方に向き直った。ベッドサイドまで近よっても、由美はまだ気づかない。天井の一点を焦点の合わないまま見つめている。いくらか安らかな顔にも見える
「由美さん」

小谷の声で、はじめてこの世に引き戻されたように、由美の頭が動いた。その目が小谷をとらえると、いっそう安堵したような、ちょっぴり勝ち誇ったような顔がのぞいた。

「どうしたんだ」

「ごめんなさい」

由美は小さな声を出した。小谷は別室で和子とエイに事情を確認した。二人とも多くは話さなかった。「このまま病院につれて帰りたい」と小谷は主張した。当直医も、小谷がつれて帰るのなら問題ないだろう、と許可した。

「帰ろう」

小谷は、当直医と救急室の看護師にもう一礼して、由美の手を引いて車に乗った。和子には、明日病院に来てくれるよう頼んだ。エイはぼんやりしたまま車を見送っていた。その顔が妙に印象に残った。

「由美さんのおばあちゃんの家を回って帰ろう。車から降りはしないから。案内してくれるかい」

由美はうなずいた。

小谷はエイの家を見ておきたいと思った。車は畑のなかをぬうようにアップダウンに富んだ道を進む。しばらく新興住宅と畑のなかに点在する農家が入り乱れるように続いた。大きな農家がかたまった集落の一番奥の家を由美は指した。大きな塀のなかに母屋《おもや》や離れや納屋など農家で一般的にみられる建物がおさまっていた。

ひとつの白い建物が小谷の目を引いた。古い診療室のようにもみえるそれは、農家にはややそぐわない気がした。ちょうどその建物の裏あたりに、今は雑草におおわれている畑があり、そこから森がぐっと濃く深くなる。その緑は大山にいたる尾根に続き、丹沢全体に緑が黒く深まっていく。車の中で小谷は包帯が巻かれている由美の手首を握り続けた。空が白みはじめていた。

由美の変容

すでに起き出していた理恵は、看護当直の美里から由美のことを少しだけ聞かされていた。

(ためらい切りは自分よりずっとうまいはずの由美がなぜ?)

いぶかしがりながら玄関に出てきた理恵の前に、静かに車が止まった。やや疲れた表情の小谷が、由美の手を引きながら降りてきて、そのまま病院の中に入った。

「由美!」

理恵の声に、小谷がチラッと振り向いた。

「君が由美ちゃんを部屋まで連れてってくれ」

理恵は「何があったのか」といわんばかりに、小谷を見すえたまま、由美の手を取って歩き出した。美里も付き添ってきた。

「あっ、ちょっと。部屋のほかの人にはあまり知らせないで、静かに」

理恵は軽くうなずいた。病棟の朝食までには、まだかなり時間があったが、もう廊下やホールに何人か患者が出てきていた。二人に視線を投げかける人たちもいた。理恵は無言で、由美を部屋に送り届けた。由美も理恵に何も話さなかった。由美は、すぐにカーテンを閉め切って、ベッドに横になってしまった。随分疲れているようだった。理恵も自分の部屋に帰り、ベッドの上で横になった。理恵も大きなショックを受けていた。理恵も外泊を考えている身である。やはりうまくいかないのだろうか。

その日の午後、小谷は由美と面接室で向かい合った。由美はやはり多くは話さなかった。

「何があったの？」

小谷は慎重に由美に言葉を向けた。

「先生。すみませんでした」

由美は頭を下げた後、小谷の目を見ながらお詫びの言葉を発した。その様子がいつもとまるで違っていた。

「先生が病院まで迎えに来てくれるとは、思いませんでした」

話はあまり進まなかったが、由美からは感情の高揚を必死に抑えている様子がうかがわれた。涙がにじんでいた。（どうしたのか？）小谷は、驚くと同時に警戒もした。由美の自分に対する態度が明らかに変わっている。

和子からも、いくらか事情を聞いた。自宅で由美がひどく落ち着かないので、「早めに病院に帰るか？」と尋ねたのだが、「それはいやだから、おばあちゃんの家に行きたい」、そう言うので、二日目からはエイの家にいたのだという。由美に付き添ってきた和子とエイの間で激しい口論があったようだ。

数日後、集会の後、小谷は由美の部屋に寄った。リストカットした手首の傷の抜糸をする約束だった。ベッドサイドに腰掛けると、手首に巻かれた包帯をゆっくり取ってゆく。数本のためらいキズに混じって、深くえぐれた傷に三本糸がかかっている。結び目をピンセットでつまんで、片方をちょんと切ると、糸はすっと抜ける。丁寧に三本とも抜き取った。

「もう痛くないだろ」

「痛くない。でも、車の中で先生に手首を握られたとき跳び上がるほど痛かった」

「そうか」

由美の上目遣いの視線に気づきながら、小谷はその手首を取った。

「ちゃんと動くか？」

「ちょっと動きにくい」

「当たり前だろ。筋まで切れてたら、動かなくなっちゃうところだぞ」

入念に指を一本一本折り曲げながら、その動きを確認した。

「もう、こんなばかなことをしちゃだめだよ」

由美はこっくりうなずいた。

糸を抜きながら話しかける小谷に、由美はいつになく自分のことをよく話した。外泊後この傾向は続いている。その様子には、やはり不自然とも思える高揚感があった。（入院してはじめて自分に転移感情を向けてきているな）小谷はそう感じた。外泊中の一件で、病棟での硬い小谷のイメージが崩れたこともあるのだろうが、拓也とのあと、明らかに彼女の感情の流れが変わってきている。固い防衛が破れたともみえる。拓也があけた穴に入り込んで、由美の精神内界にもぐりこむチャンスが訪れた。小谷はそう心得た。

大山の隠れキリシタン

いきなり雄弁になった由美から、和子について多くのことが語られた。実のところ由美は、和子のことを話したくてたまらなかったのだろう。

和子は自分の小さいころの話を、繰り返し由美に聞かせたという。由美が理解する限りでは、和子はごく普通の都市生活者の家庭で育ち、やや禁欲的な生活を送る中で父と出会い、大山のふもとに展開する奇妙な集団の巣に迷い込むことになる。

小谷は大山のふもとの屋敷を見た後、由美の父方の祖母エイの存在とその一族についてどうしても気になって仕方がなかった。エイはクリスチャンだと聞いた。別に大山のふもとにクリスチャンがいても、それ自体、何の不思議もないが、農家に似つかわしくない屋敷の白い建物、庭がそのまま山に続いているような不思議な印象を与える家。なにか腑に落ちないのだ。

(そうだ。大山に意見を求めてみよう。あいつはあのあたりの出身だと言ってたし、古いことをいろいろ知ってるかもな)

そんな気がして、小谷は大山の部屋を訪ねた。

「なんでしょう」

小谷は、由美の祖母がクリスチャンという話をした。

「そうですか。エイさんの一族もあのあたりなんですね。たぶん昔からのキリシタンの家系なんですよ」

「え！」

「そうです。あの辺には隠れキリシタンがいたようです」

あまりの話に小谷は声を失った。

「でも、あの辺りは霊場大山の真下だぞ。そんなばかなことがあるのか？」

「だからやりやすかったんでしょう。マリア観音ですよ。私もあのあたりの出身ですから、いろんな話を知ってますよ」

「まあ、それだから聞いてみてるんだけどね。それにしても。大山は修験者の山だろ。まさか隠れキリシタンの修験者っていうのはいないんだろうね」

「さあ、修験者のなかにキリシタンがいたかどうかは知りませんが、山はさまざまなものをはらんでいます。丹沢の山は深いし、山伝いに走れば関西も遠くないし、もちろん関東、東北の山ともつながっている。すぐ後ろには高尾山や富士山がありますしね。いろんな地域の習俗の交差点になっていたとしても何もおかしくはないでしょうね。山の世界は深い闇の世界です。キリスト教がそのなかに含まれるかどうかは知りませんが、さまざまな宗教的要素があって、修験者はもちろんのこと、犬神人やシャーマンは間違いなくいたようですね。大きな磁力があるんでしょうね。そういうのは隠さなければならないことなので、歴史書にはまったく出てきません。状況から想像しなければ仕方がないんです。『地中海』のようにね。でも、霊と習俗の大きな交差点になっていたのは確かなんです。今でもシャーマンの末裔がいたりしますからね」

「すごい話だね」

「ご存知かもしれませんが、大山に祀られているのは、雨乞いの神だったのですが、やがて農業・養蚕・漁業・猟など諸種の産業の守り神となり、江戸時代には土建や飲食業や火消しなどの守護として、大きな広がりを見せます。その途上で、当然闇の世界も入ってきますし、多様な職種による信心の様を考えると、たしかにシャーマン的要素も強いのかもしれないですね」

「なるほど」

「それにね」

「それに？　なんだ」

「私が知る限りでは、由美さんの父方の大山の実家はシャーマンにつながる家系だったように記憶しているんですけどね」

「え！」

小谷は絶句した。

「ええ、先ほども説明したように、もともと大山には強い雨乞いの神がいたわけですから、それにかかわるシャーマンは存在したのです。由美さんの家は、山に一番近いところにありますからね。庭で儀式に必要な蛇やヒキガエルを飼っていたりね」

小谷は、自分が見てきたものとの符合に小躍りしながら、続けた。

「なぜそんなものが必要なんだ？」

「蛇や蛙、特に蛙などの両生類は水と陸を自由に往来する生物でしょ。雨乞いではスターなんですよ。おまけに儀式で使う幻覚剤用の芥子《けし》も栽培していたという噂があります」

「本当なのか。しかし、そんな家系に、クリスチャンのおばあさんがいるというのはあり得ないんじゃないのか？」

「幻覚剤を使うトランスとキリスト教のコラボは、世界的に見ると決して珍しいことではありません。なんというかそうならざるをえないんです。キリスト教が日本に入ってきたあと、どんどん形を変えてしまっていく過程で、そういうことはあるかもしれませんね。民衆カトリシズムは、世界的に見ても土着のシャーマンと融合して、奇妙な形態を示すものがたくさんあります。カトリシズムの持つ劇的な要素は、シャーマンの儀式の形式に影響を及ぼしていることも多いですしね。そんなこともふくめて、グレーな集団の一つとして、キリスト教者があの辺りで認知されていたとしても、それほど不思議ではありません。むしろシャーマン的なものがそっくりキリスト教的な儀式に乗せかえられたとしても、それほど不思議じゃないかもしれません」

「なんとなくわかる気もするね。でも、個人というか、一つの家系だけでは、なかなか難しいんじゃないのか」

「そうですね。隣組には監視の意味もあったわけですから、ある程度まとまった集団が、全体で用心しながらやらないとうまくいかなかったでしょう」

「そんなことができたのか？」

「とにかく、本尊を拝むことさえはずさなければ、本尊に何をお願いしようが、まず罰は当たらない感覚じゃあないでしょうか。ですから、祈る様式もそれほど厳密ではないし、十分隠れ蓑になったと思いますよ。もちろんおおっぴらなものじゃなかったでしょうが、キリシタンの集まりはあったようです」

「ミサができたのか?」

「寄り合いのなかでミサをやってるんですよ。信心さえあれば、という原始キリスト教的な形です」

「そうなのか。でも、そんなばかなことはないだろ。霊山の大山のふもとだぞ」

「だから、それをねらったんです。いかなるものでも、宗教的な儀式はそれほど変に思われない。ですから、キリスト教の儀礼を講のうえに全部乗せかえたんです。シャーマンを講のうえに乗せかえるより抵抗は少ないくらいかもしれない」

「すごいな。マリア観音か」

「キリスト教って、黎明期には多くのものから隠れながら生き延びて大きくなってきた宗教なんです。それに、ミサには、パンとぶどう酒と聖杯が必要ですが、山梨は今でも日本随一のぶどうの産地です。土がぶどうにいいんでしょう。あのあたりは山梨に近いですからね。江戸時代、日本で小麦はかなり広く生産されていました。したがって、その気になれば、パンは作れます。芥子もひそかにね。聖杯はひそかにかなり出回っていたでしょうしね」

「たしかに、禁制がしかれていた江戸時代ならともかく、明治以降は、公にはとがめる人などいないわけだからな」

「そうです。維新とともに、かなりのスピードでキリスト教は全国に広がっていってる。農村も含めてね。それをみると、受け入れる素地は民衆の側にはしっかりあったんでしょうね。民衆マリアです。おもに虐げられていた層によく広がっている。虐げられた人たちを何とか援助しようとしていた層も含めてね。抵抗と民衆カトリシズムの融合は、世界的に見れば、まったく珍しいパターンでもなんでもないんです」

「じゃあ、由美の祖母がキリスト者でも何もおかしくないよな」

「ただ、由美さんのおばあさんだと戦前の生まれですよね。戦時中には若干の紆余曲折はあったかもしれませんね。でも、由美さんはキリスト者じゃないんでしょ？」

「キリスト者には見えないな。確かめてはいないけど。ただ、夢のなかでは、なんとなくイスラムっぽい」

「イスラムですか」

「そうだ。でもそれがどんな意味があるのか、由美自身には、まったくわからないんだ。とにかく夢の話だからね」

「何か意味がありますかね。イメージ的にこじつけるのは簡単そうですけど」

「ところで戦国や江戸時代の日本に、イスラムはまったく入らなかったのかなあ」

「どうでしょうね。入ったという証拠は何もなさそうですけどね。でもすぐ南、フィリピンまでは来てますから、上陸しなかったはずはないんでしょうけど、根付かなかった、ぴんとこなかったんでしょうね」

「上陸したけど根付かなかったとすると、なぜだろう？」

「なぜですかね。民衆をくすぐらなかったわけですからね。日本は表が男系社会ですから、裏では女性のマリアを求めるんです。イスラムにはその要素が微塵《みじん》もない。イスラムはパターナリズム、つまり父性優先の社会ですからね。その辺りも関係あるんですかね」

「なるほど。イスラムのその乾いたイメージはなんとなくわかる気がする。由美もだけど、じつは拒食症の女の子がね……」

「ほう、どうなんですか?」

「マターナリズム、つまり母性の喪失というか、どんどんマリアの癒しとなまめかしさから遠ざかっていって、不毛の砂漠に峻立するというイメージがあるんだよ。世間から断絶して砂嵐のなかに立ち尽くしているようなね。抑圧というか拒否のね。森と砂漠の対比ともいえるかな。そうだ。まさに夢のなかの由美がそんな感じだったんだよ」

大山の話に驚くとともに、小谷にとっての謎がいくつか解けた。

母性の考察

小谷は再び和子についての夢想を続けた。小さい頃の環境が和子の意識にどの程度の影響を及ぼしたかは知るよしもないが、その一族の中で連綿と続く母性の質に、小谷は、注目せざるを得なかった。摂食障害というほぼ女性に特有な病気を考えるとき、母性の考察は避けて通れない。

小谷は常々母性について繰り返し洞察を試みていた。

いつの時代にも、母は子どもを生み育て、子どもは大人から多くを学び大きくなっていくことに違いはない。でも、母性を考察するとき、ひとつ現代流の母と子の価値観だけから見ていては、やはり大きな見落としを起こしかねない。ただ、母性に関しての歴史的考察となると、どこまでさかのぼればよいかは見当もつかない難問ではある。

女性に関して近代につながる都市社会の枠をはずしての考察となると、どこまでさかのぼればよいのだろう。まず母系社会と男系社会ではまるで女性の意味が違ってしまうし、少なくともその出発点では強力な男系の思考が推進力になっていたと思われる近代を考える上では、とりあえず母系社会の洞察は省いてかまわないのだろうか。その前の野生の思考は動物の行動を観察すればある程度の察しがつく。

結局男系の伝統的な人間社会においては、マリノウスキーやモースの、女性はヒトかモノか、モノは人にとってどのような意味を持つのか、などという贈与論や互酬性の議論までさかのぼればよいのだろうか。しかし、これにしても近代西欧社会からのまなざしがぷんぷんするし、いわゆる未開社会での通過儀礼を経ない子どもへの考察となると、その枠さえできあがっていない感も強い。でも、いつの時代にも、母は子どもを生み育て、子どもは大人から多くを学び大きくなっていったことに違いはない。

母性の歴史をどこまでさかのぼるかは議論の多いところだが、現代に直接つながるものとして、とりあえず十八世紀のフランス啓蒙主義の申し子ルソーが一七六一年に著した『新エロイーズ』

にみられる母性礼賛あたりまでさかのぼってみる。そのなかで彼は最初の理想的な母親像を提起している。

「聖書にのっとった貞節で崇高な義務は、幸福な秩序や平和や人類の継続のために、どんなに大切なことでしょう。そしてそれらを遂行することは、どれほど心地よいものでしょう……」

啓蒙主義の時代、教養人たちは教育を考察の中心課題にすえた。それまでの子どもを大人の隷属的な財産ややっかいものとみる社会への決別である。これは当然母親論にかかわってくる。

ルソーは『新エロイーズ』に続く一七六二年の『エミール』で、新しい教育の原理を「自然の尊重」に求める発言をして、その議論に決定的な影響を与えた。

「子どもにとって大切なことは、どんなことでも自分ひとりで発見するように仕向けることである。ただ子どもを見守り、質問があれば答え、……束縛されずに育った子どもは、幸福な子どもである」

自然、自由、幸福がこの時代の中心概念であり、自然による教育は、権威のかわりに注意深く献身的な愛情を求める女性原理によるものでなければならないとした。

ただこの洞察は当時次々に明らかにされつつあった伝統的な世界の観察からもたらされたものでもある。これらの社会には、かつて高度な文化を持った種族が壊滅的な厄難を受けたあと劣化したものが多く含まれる。そうであれば、それらはもともと西欧社会の原型を指し示すものであり、少なくともキリストやイスラムやヒンドゥーが立ち上がる以前の社会の母体としての意味は持っている。また、伝統的な社会がイエスの現実感や臨場感をほうふつとさせる神を持つことは多くはないが、マリアの母性と受容の要素は必ず組み込まれている。
ルソーの熱烈な信奉者は一部の貴族の婦人でしかなかったが、目ざとい哲学者たちは、この新しい母親像をいわゆる庶民階層、またあわよくば農村地帯にも波及させて、当時抜き差しならない状況にあった捨て子に歯止めをかけようとした。歯止めという点では多くの施療院の誕生によって一定の成果をみた。

この時代のもうひとつの大きな流れは、母子関係への配慮から医師の発言が次第に重みを持つようになってきたことである。重農主義の創始者で高名な外科・産科医であるケスナーと王の侍医であるブルーゼが、教育者は道徳教育のみでなく、身体に関する教育に積極的にかかわるべきであると強調し、一八〇六年にはじめて大学に産科学の講座が生まれた。ブルーゼは、「これまでは無教養な家政婦や乳母や産婆が子どもの出生と成長にかかわっていたが、母親がもっと大きな責任を持つべきである」と説いている。そして、本来子どもの時期というものはひとつの病気とみなしていいくらい管理が必要であると強調した。そのような主張と並行して、母乳の大切さ、月経周期と子宮の働きと性欲の関係など、その後の女性の社会的な定めを左右する事柄に関する医学的知識が次第に積み上げられていくことになる。そしてこれらは医学辞典などを通して少しずつ社会に浸透していく。

では、女性たちはルソーや医師たちの話をそのままの形で受け入れていたのか。社会のうねりはどうもそう単純ではなかったようである。一七八九年以降、フランスでは革命が女性の立場にさらに大きなうねりを加えた。女性は出産、幼児教育を行うことによって、重大な社会的責任を負っているのだからと、政治的な権利を求める動きが強まった。さらに民衆の感覚でも、国の象徴が王の父親的イメージから母親的なものである母国、つまり母なる祖国に変化していった。しかし、オルレアンの少女などの出現にもかかわらず女性の政治的な権利は、ストレートに強化されていったわけではない。たえずルソー流の母性保護を建前とした女性の実社会や政治への介入に対する消極論との葛藤にさらされた。

そのうちにもうひとつの大きなうねりがやってきた。産業構造の劇的な変革である。これはフランスに限っていえば、海の向こうのイギリスから渡ってきたものであり、受け入れにそれなりの抵抗もあった。したがってイギリスほどいきなり田舎から都市に大量の労働者が流れ込み危機的な状況になったわけではないが、いずれにしても女性の労働が強く求められる時代が訪れた。職業労働者としての女性の誕生である。これもルソーの母性礼賛とはなかなか両立しにくい。

母性の問題を考えるとき、前述した社会的な動きを支えるもうひとつ忘れてはならない要素がある。キリスト教会の解釈と教えである。教会は告解を通してさまざまな社会の現実に触れて、教会の公式の見解として社会に影響を及ぼし続ける。伝統的なカトリックの見解は「男尊女卑」だった。しかし、十九世紀を通じて男性はカトリックから離れる傾向が強まっていったのに引きかえ、女性はまだ信仰心を残していた。このことにより、「子どもがよかれ悪しかれ最初の印象を受けるのは母親からであり、神の恩寵に最初に触れるのも母親を通してである」として、父親より母親の立場を擁護する大きな方針転換を行った。かくしてキリスト教世界でパターナリズムからマターナリズム・母性重視への変容が促され、さまざまな伏水脈が公のものとなり、地上に湧き出ていった。元来、民衆レベルで根強く支持を受け続けてきた原始カトリックはたしかに母性になじむ。

母性とマリア、そして浄土

そして母性を考えるときに大きな要素となるのは、母と子を取り巻くそのときどきの社会の状況である。ここでは、和子の境遇を考えるうえで大きな意味を持ち、かつ社会の中で大きな対立軸となりえる都市と農村の関係についてに考察を絞ってみる。

産業革命以前にはそれなりに調和をたもっていた都市と農村の関係は革命により大きく崩れた。農村から都市へという人の決定的な流れは、母性のあり方にも大きな陰影を付けることになった。もちろん、これらの要素は、ひとり母性のみに影響を与えたわけではなく、人格をはじめ、人間のおおよそすべての精神的・社会的状況に逃げおおすことのできない影響を与え続けている。私たちも現にその流れのなかで泳ぎ続けている。

そして膨張した都市で暮らす人たちの間では農村にある種のノスタルジーとユートピア的憧れを抱く向きが現れた。都市から農村への逆流である。

和子は、都市から農村への逆流組である。都市生活にやや疲れを感じていた彼女は、田舎暮らしに漠然とした憧れを持っていた。

そんな和子が結婚して、大山のふもと、父方の祖母エイのもとにやってきた。和子の前にはのどかな風景が広がっていた。そして、のどかな風景とともに、田舎の姿が少しずつあらわになってくる。そしてエイと和子の葛藤も幕をあける。

環境が人に背負わせる責務は、人が何か今までと違う状況に飛び込むとき、いうまでもなく、最も大きな問題のひとつになる。

田舎は、「人が自然に働きかけるものよりも、自然が人に負わせる責務が大きい土地」といえる。土と人との距離が格段に近い。そしてそれは人に重い荷を負わせる。その荷を背負うことができなければ、田舎では生きていけない。この原則は、古代だろうが、中世、近代だろうが、現代だろうが、ほとんど変わることはない。そしてさまざまな方法でその責務を人々は負っている。

エイは、キリスト教者としてあることにより、ある意味その荷を、見事に背負っていた。エイも大山のふもとの人間だったが、彼女の家系は隠れキリシタンの方法を持っていた。そしてキリスト教者に理解を示す平吉が、そんなエイを支えていた。

平吉の一族は、シャーマンの家系につながる。平吉は、たぶん非常に慎重なやり方で、エイの信仰を仲間たちのそれに融和させていったのだろう。この土地では、どうも代々そのような形があったようだ。シャーマンは、近代の流れの中で確実につぶされてゆく。シャーマンがもつさまざまな要素も消滅の運命をたどるのだが、その担い手は、同じ匂いをもつものとその担い手を巧妙に取り込んでいった。トランスにいたる道を確保するために。さまざまな信仰の形が大山の下で溶け合っていた。

近世の日本で、キリスト教がどのような形であったのか。たしかに民衆マリアが、シャーマンを介して、土地に古くから伝わる宗教と融合する例は少なくない。観音・浄土の思想につながる面も色濃く持っている。浄土思想は、都市、農村に関係なく環境が厳しくなればなるほど、その意味と深さを増す。

辺境の信仰は、いつも熱い渇望と引き合う。そこにマリア像と浄土思想の区別はない。

エイと和子の葛藤

急に流暢になった由美の言葉の端から、小谷は連想を重ねてゆく。

「ちょっと質問していいかい？」

小谷が口をはさんだ。

「由美さんの実家の敷地のなかに、白い建物があったけど、何か診療所みたいな、あれは何？」

「ああ、祖母の礼拝所ですね。詰めれば、あの中に十数人は入れるんです。よく集会をやっていました。それに医師の免許は持ってなかったけど、今の先生が村に来るまでは、簡単な手術もやっていたようです」

「手術を？」

「そうです。祖母のやり方は痛くない、と評判で。村以外からも人が集まってきました」

「ほう」

「周囲の人たちがやってくるし、仲間たちに子どもが生まれると、あの中で洗礼も受けさせていたようです」

「なるほど。子どもの洗礼は、大きな問題だからね。神の国に導き入れるための儀式だものね」

「祖母は産婆の役目も負っていたようです」

「それはすごいな。産婆と外科医は、神の問題の最前線でもある」

エイは、教会の先鋭的な布教活動の前線にも立っていたことがうかがえる。そのうえエイは民間医療者でもあり、平吉が彼女の活動を支援していた、という構図が洞察できる。

和子は、そのような場に飛び込んでしまった。彼女は、大山のふもとの「仲間たちの方法」を持ち合わせていなかった。その環境の重さが自分には十分背負いきれないことを、彼女はとっさにみてとり、農業にあまり近づかなくてもすむように、勤めに出た。

そのことについてエイは、とやかく言いはしなかったが、農家の生活に憧れを抱いていた和子は、軽い挫折感を味わった。エイは、和子がマリア像に近づこうとしないことについても特に何も言いはしなかった。

しかし、エイは和子にも何かが必要になること、それを得ることができなければ、厳しい精神的状況に追い込まれるだろうことを予感した。

エイの予感どおり、和子は新しい環境のなかで精神的な寄《よ》る辺《べ》をつかむことができなかった。そのうえ自然は彼女に対しても他の人たちに対するのと同様に厳しかった。それは自然あるいは農村に身をおく人たちの上に平等にやってくる厳しさである。和子もいやおうなくさまざまな作業に駆り出されることが重なった。自然がそれを要求する。

そして和子は、マリアではなく、シャーマンたちが持っていた禁断の方法に近づいていった。夫も和子を救うことができなかった。和子は結婚以来、夫と一体感をもてないことに漠然とした不安を抱いていた。実家での彼は、和子の夫であるより先にエイの忠実な息子であり、自身の救いを唯一アルコールに求めるばかりだった。

エイの部屋には小さな「幼子を抱く聖母マリア」の像が鎮座していた。和子も由美も、その前でエイが恍惚とした姿をあらわにしているのをよく目にした。しかし、和子には、自分をそれに重ね合わせることはできなかった。辺境の信仰を拒否したのだ。彼女の精神は次第に病んでいった。

小谷は、由美の話を聞きながら、都市生活者の家庭から農村に移った和子を襲った思いもよらない状況を、うっすらと想像することができた。

そして由美の祖父母のやり方にも洞察が及んだ。彼らは、芥子の実から作った阿片《あへん》か何か、何らかの麻薬あるいは幻覚剤を使っていたのではないのか。それは儀式や手術にも使われ、あるいは、こっそりエイの心を癒すためにも使われたのかもしれない。

そしてたぶん間違いなく、和子もそれを使っていた。彼女の中毒者特有の顔貌を見ていると、その可能性を考えれば合点がいく。

由美と母の聖なる空間

もはや正常な意識を保てなくなった和子は、由美を連れて家を出た。実家を出たあと、和子の変調が際立ってきた。彼女を「仮に」救っていた陶酔にいたる手段が断たれたわけだから。たしかに変調はまず和子からはじまった。ひどいうつ状態がおそった。自分の結婚後の行動すべてを否定するかのようなひどい憂うつ感がやってきた。それが彼女に重くのしかかり、気力をそいでいった。彼女は家事にも立てなくなり、由美がその穴埋めをした。和子は見るからにつらそうだった。由美は気丈夫だったが、やがて由美にも変調が目立つようになってきた。自分でもその変調に気づくようになった。気分がゆれやすくなり、いつからか摂食の異常がはじまった。

それは軽いダイエットがきっかけだった。それほどやせる気はなかった。最初食べることは快楽だった。いつも付きっきりでいなければならない和子から気をそらす何かが欲しかったのかもしれない。少し食べずにいると無性に食べたくなり、つい何かを口に入れてしまう。口に何かを入れることはたしかに快楽につながる行為だった。口を動かしてお腹が膨れると少し気が晴れた。

でも、いつからか彼女は食べることを我慢しはじめた。彼女にはいくらかやせたい思いがあったので、つまり気になっている男の子が、やせタイプの女の子が好きなことを知っていたので、さらにがんばった。ただのダイエットのつもりだったのだが、ほかに気晴らしのための活動をすることができない彼女に、食欲を抑えることは、意識している以上の代償を払わせることになった。食欲を抑えることは、彼女が考えている以上に大きな意味を持っていたのだ。ここで気づいて生活を戻せばよかった。

いや、もう遅かったのかもしれない。少し食べずにいると食べたくなってしまう。食べればよかった。しかし、ある時期から彼女は、食べる快楽より、食べずにいて食欲に打ち勝つ克服感に、より大きな快楽を覚えるようになった。食べずにがまんすることが陶酔を呼び、ひとつの生活の目的になり、やがて意識しなくてもそれほど食べられなくなった。彼女は明らかにやせてきた。和子がその異変に気づいた。彼女はうろたえて、由美を監視した。和子の監視は、こだわりの強い神経質なものだった。それから母と娘の緊張に満ちた、つらい、しかし「甘美な」、日々がはじまった。

そのころ由美は繰り返し次のような夢を見たという。

そこは白い大きなパテオだった。緑の植え込みがきれいなパテオだった。植え込みの世話をしている牧人がいた。由美は、コーランかなにか、よくわからない文字の本を読みながら、その中をゆったりと歩いていた。

小さな窓から外を見ると、波が荒々しく砕けちる岩礁の向こうに海が広がっていた。そこは海に突き出た城砦のようだった。沖から不思議なしるしを掲げた白い船がゆっくり近づいてくる。

由美は少し不吉なものを感じた。城砦を出て街に逃げたほうがよいと思い、パテオの出口を探した。しかし、そのパテオには出口がなかった。なぜ？　同じようにそこを歩く人に聞いてみても、誰も何も答えてくれなかった。みな黙って歩いていた。由美は次第にあせり、駆け足であちこちの壁を蹴飛ばしながら出口を探した。でも、やはりどこにも出口はない。

パテオの奥には小さな部屋があるようだった。でもそこには見てはならない、しかし由美にとって親密な何者かがひそんでいるような気がした。

やがて大きな爆発音とともに人々の悲鳴が聞こえた。窓から外を見てみると、白い船が砲撃を繰り返しながら迫ってくる。由美は恐怖に駆られて、必死に出口を探したが、やはり外に出られない。「この船に捕まったらダメだ」、由美はそう感じた。

船影がどんどん大きくなってくる。船上の人たちの顔がわかるようになってきた。由美は驚いた。マストの上に見覚えのある人がいる。

その人が城砦に向かって声を張り上げている。「城を滅ぼされたくなければ、由美をこちらに渡しなさい」そう言っている。

パテオの奥から返事があった。「そんなことはできない。絶対ダメだ」そう答えているのは、奥の部屋にひそんでいる存在だった。

その声は母のものに似ていた。由美は呆然として事の成り行きを眺めているばかりだった。砲撃は一段と激しくなった。

そのうちに奥のほうから、うなり声とともに赤黒いどろどろした何かが彼女のほうに迫ってきた。「これに飲み込まれたらおしまいだ」、砲撃と赤黒い流れに挟み撃ちにされて彼女は恐怖した。もう赤いものに飲み込まれる、と観念したそのとき、由美はいつも目覚めた。

これらのことは、小谷が十分に状況をイメージできる言葉で語られた。そのこと自体も彼にとって驚きだった。これらは誰によって語られているのか。これまで小谷の相手をしていたのはいったい誰だったのか。同じ由美ではないのか？

そして、最近小谷が繰り返し見る、次のような夢との符合も気にならざるを得なかった。

砂嵐の中で由美が祈っている。小谷は必死に由美に近づこうとするのだが、そのたびにパトリオット・ミサイルに撃ち倒されてしまう。そのとき由美に一人の医師と思しき人が近づいていった。医師の顔は影になってよく見えない。男なのか女なのかもわからない。小谷は必死にその顔を確かめようとするが、やはりわからない。みると由美は体に大きな裂け目を持っていた。赤黒い大きな裂け目だった。そして、その裂け目のなかで何かがうごめいていた。その人は、由美から少し離れたところでとまった。

今度は由美がその人に近づいてゆく。小谷はとっさに由美が近づくのをとめようとした。「その人に近づいてはいけない！」叫びながら彼女の手を取ろうとした。でも、その手をすり抜けて、彼女はその人の前に進みひざまずいた。その人の手が由美のお腹のあたりにするすると伸びて、何かを取り上げて由美に渡した。みると、それは泣きじゃくる子どもで、その子をあやす由美の顔は信じられないほどの柔和さをたたえていた。その横顔に一瞬、少女Sの影が舞った。側には、小谷をさんざん撃ち倒したパトリオット・ミサイルがさびついたままごろりと転がっていた。

くりかえされる夢は、力動のゆがみと大きく関係する。強い力動のゆがみを持つ多重人格。患者のどの人格と向き合うのか。これは小谷たち精神科・心療内科の医師にとって大きな問題でもある。

由美についていえば、点滴をしているときとチューブを抜いてからでは、明らかに人格が交代している。そして、拓也の一件をきっかけにして、それまで小谷の前では現れなかったさらに別の人格との交流がはじまりつつあった。しかし、依然として面談では、拓也とのことは由美の口から一言も吐き出されはしなかった。まるで忘れ去られているような、というか、そんな出来事は存在しなかったかのように。

多重人格

多重人格についても小谷と大山は繰り返し議論した。

その基底をなす夢、力動の話はフロイトやユングの仕事を抜きにして語ることはできない。それはまた、トランスなどを介して宗教とおおきな接点を持ちながら展開する。

これらについて小谷は次のように考察していた。

まず多重人格について。

人格はどのようにして成り立ってくるのか。それは遺伝的に規定されるものなのか。それは家族の力動でゆがめられるものなのか。あるいはそれぞれの相互作用として浮かび上がってくるものなのか。はたして人格の「障害」という言葉に何らかの意味はあるのか。

摂食障害や精神疾患などにともなう人格障害は、診断基準の上では大きく次の三つに分けられる。「妄想に満たされてはいるが社会的影響の少ない妄想型」、「反社会的な混乱をまねく巻き込み型」、「社会逃避をともなう回避型」の三つである。日本を含む各国でもっとも標準的に利用されている「精神疾患の分類と手引」であるＤＳＭ分類でも、この三つの型がそれぞれクラスターA、B、Cとしてあらわされている。

これがさまざまに組み合わさって現実的な型が現れる。「予兆やお告げ的な妄想にしたがって社会を巻き込み混乱させるタイプ（合理水準が高いと社会を動かす）」、「あくまで個人的な行動ではあるが、情動の混乱にしたがって自分の周囲を混乱に陥れているタイプ（いわゆる境界例など）」、「妄想的な観念にとらわれて身を小さくしている回避タイプ（病的ひきこもり）」などいくつかの人格障害のグループが出現するといってよい。

多摩東方病院の心療内科病棟にも、さまざまなタイプの患者が混在する。病棟の状況や患者同士のインターアクションに、強くなったり弱くなったりする妄想や念慮、つまり病的な憂慮が絡んで、それぞれの患者に特有の病相が出現する。

小谷が難しさを感じる人格障害は、さきの分類とは別に、さらに次のような三つにまとめることができそうだ。

ひとつは人格が多重的に存在して、その中のひとつの人格と心身症がからみあっているとき。容易に人格が交代して、確実に心身症がその人全体を苦しめてしまう。場合によっては、ある人格のときには起き上がれなかったり、声が出なかったりするのに、別の人格のときには活発に動いたりする。身体化の強いケースでは、意識の上の失調より身体バランスの失調が厳しく、身体的な統合失調とでも呼べるものが含まれる。由美を含む摂食障害の多くもこの傾向が強いといえるのかもしれない。

二つ目は、ガチガチの殻の中に閉じこもっていて、まったく治療者を寄せつけないタイプ。ただ、これは殻の中に豊かな感情と自我を内蔵しているのが感じられることも多く、自我の境界を守る強さを持っている。こちらも「殻を破ればよい」という方向性が見えるので楽な面もある。家族と密着・共生していることも多く、そのあたりで家族との関係性に糸口が見つかる場合もある。いくらゆがんだ形であれ、少なくとも親とは強烈な関係が形成されていて、転移・逆転移を操作しながらその内界に飛びこめる余地が必ず残されている。摂食障害では、特に母親との共生関係がよく見られる。

さらにもうひとつは、それほどの抵抗は感じないのだが、中にどんどん分け入っても実態がつかめず、この人は結局玉ねぎよろしく中身といえるものが何も形成されていないのではないのかと感じられるとき。つまり理性からは最も遠い存在。親ともあまり関係がついていないことが多い。妄想性が強い。ただ、何かに従う能力は高く、自我意識水準は低い。このタイプを別の面から意味づけしてみると、何かの予兆をとらえるために、そのような方向にアンテナを広げているのかとも思える。被暗示性の宗教的感性が高い傾向がある。何か宇宙的な偉大な力に従いやすい。親との関係性より「宇宙」との関係性が強く、小谷が患者として出会った何人かのシャーマンは、おおかた、このタイプだった。

印象的だったのが、ある集落の社《やしろ》の巫女として知られた女性についてである。この人もまず論理的な会話を交えることは難しく、社会的に最低限と思えるたしなみを保つのも困難だった。小谷からみると、統合失調症の残遺的な病態かと思われたが、やはり保護者がいて、集落のなかでこの世以外の世界との交通をつかさどる祭祀の場での役目を負っていた。

小谷には、統合失調症など論理的思考回路に厳しい挑戦を仕掛けてくるタイプの精神障害は、すべてではないにしても、この世以外との連絡路を開こうとする鋭い力にさいなまれて苦しんでいる、と見てもよいのではないかと思えなくもない。シャーマンにおけるトランスは、当然この意味を持つ。

病相によって、この三つのタイプの中で移り変わっていく患者も少なくない。

認知論と精神分析

「摂食障害の話のときにもちらっと思ったんですが、多重人格という考え方、生理学や認知系の人たちも認めているんですか？　精神分析の人たちと生理とか認知系とは相当仲が悪そうだけど、その辺りはどうなんでしょう」

「たしかに少し難しいところがあるね。でも、精神分析は元来生理学的発想を持っている。分析で問題になるような現象を認知的な言葉に置き換える努力は必要だと思うね。認知は知覚生理につながっているからね。逆に、結局認知系の発達障害の専門家も分析の方法をしっかり身に着けるべきだね。それを借りないと、実際のケースをうまくコントロールしていくことができないよ。いわゆる知的障害の教育の世界では、ピアジェ流の認知論が絶対的な強さを持っているけど、子どもが少し大きくなって社会性が増すと、それだけではやはりうまくいかない。思弁が入ってくるとね。分析と発達、認知の専門家は、もっと同じテーブルについてお互いに相手のいうことが自分の領域ではどんな言葉に置き換えられるか真剣に検討しないとね。そもそもシンボルの相互換の問題は文化にとってもっとも根本的なことのはずだからね」

「同じテーブルにつくのは難しいんですか？」

「どうだろうね。実際に自分たちの勢力が伸びるか縮むかみたいなところにかかわってくるからね。これは食いっぱぐれになっちゃうからな。例えばアメリカでは、大学レベルでは分析一派はもうほとんど駆逐されてしまっている。認知行動理論の方が数字になって実績を作りやすいからね。ただ、数字になる部分はずいぶん怪しいと思えるね。とても恣意的な処理の仕方だと思うな」

「先生はいつもそうおっしゃいますね」

「一度飛び越えにくいところを飛び越えてしまったら、あとは統計の数字を膨らますのは簡単だもんな」

「たしかにね」

「結果として数字を残せない精神分析は、心理学という科学の教室としては立ちいかない」

「じゃあ、精神分析っていったい何なんでしょう。文学ですか?」

「いや、くりかえすけど、方法論的な問題はともかくとして、それ以前の人間の見方と比べてみるとかなり大胆な科学だといえる。精神分析を仮に『文学』と見るとしても、ずいぶん変わったものになるね。それまでも感情が社会に及ぼす事態とか、人間同士の感情の軋轢《あつれき》というのは伝統的な文学の主題だったわけだけど。ほら、モーパッサンの『女の一生』やバルザックやゾラあたりでそういうのは全部出て、終わっちゃっているわけだよ。ただ、この系列の文学には自我の問題がそれほどはっきりした形で出てこない。現象として奥に自我の問題が隠されているだろうと容易に想像できる記述にあふれてはいるんだけどね。自我の問題はどちらかといえばドイツで哲学的な問題として重く立ち上がってきていた。フロイトは、その自我の構成要素に医者の目から見て決定的な欠陥を読み取って一言いいたかったんじゃないのか。自我と意識という近代にとって一番大切なものの成り立ち方を何とか科学したかったんだよ。無意識の意識への投影について性衝動を含めたああいう形でストレートに扱ったのはやはり科学的というか、あの時代まではまずなかった気がするね」

「しいて文学にひきつけると、『実験文学』とでもいうんですか」

「いいや。何度も言うけど、文学じゃない。こうすれば説明できるということが言いたかったわけだ。やはりアイデアは完全に科学だろう。ただ、彼は自分の理論が文学に与える影響には絶えず注目していた。特にシュニッツラーやホフマンスタールなど同じユダヤ系の『若きウイーン』の作家たちにはね。文学には間違いなく大きな影響を及ぼした。社会科学にも少なからずね。社会科学では数値化という方法がフロイトの後からさかんになった。ゴールトンを統計学の開祖と見ると、分析と統計のはじまりはほぼ同時期だけど、うしろから来た人が、フロイトが見ていたものをうまく数字で表しただけさ」

「それは言えるでしょうね」

「でも、数字で表せないと、今のあわただしい世界では学問になりにくい。もともと統計なんて恣意的な刻み方をしているだけなんだから、客観性なんてほとんどないんだけどね。うまく恣意的に客観性を演出しているだけだよ」

「一番客観的なのは、現象ですか」

「その通りだ。それをできるだけ共有できる生の言葉が必要なのさ。数字にすりかえてすましてもらっちゃ困る」

「それもそうですね」

「でも歴史の流れというか、残念だけど、けっきょく大学では精神分析は医学部の精神科教室ではほとんど残ることができない。でも、町に出れば、分析は立派な市民権を持っている。そのへんは研究室の理論と現場の違いみたいなところもあるよね。みんなやはり自分の行動を妙な数字に変えて説明を受けるより一対一で自分の話をしっかり聞いてほしいんだ。当たり前だろ」

「そりゃそうですよね。特に西洋は告解の世界ですからね。一対一で話を聞いてもらうスタイルにはそれなりの伝統があります。これは何もフロイトの発明じゃあないです」

「そのとおりだ。一対一の対話はどちらかといえば教会が持っている手段だった。教会以外の集団・世界で暮らしている人をまずその集団から切り離して孤立させてこちらにうまく呼び込む。いいかい。こういうことだ」

告解

「その昔、キリスト教会の司祭たちは、ゲルマンの深い森から人々を引きずり出すために告解を義務づけた。告解を拒否するものは、キリスト教による葬儀を認められなかった。しかし、司祭たちの行為は、人々が森で暮らすことを前提にしたものなのだ。彼らは、『お前たちの生活の場はそこでよいが、こちらも向いてくれないと生かすわけにはいかん』こう言っているんだ。告解のならわしは現代に通じる。人々を森から連れ出す。この行為は、私たち治療者がやっていることによく似ている」

「たしかにそのようにも見えますね。でも、それだと、どちらかというと洗脳のイメージで、宗教で結びついた人たちの独特の絆の深さをうまく説明できませんね」

「宗教の教えがある個人にとってどのくらい内在化しているかは、また別の問題だ。フロイトはあの自由連想のスタイルを何からヒントを得て考えついたのか、に興味があるんだよ。どうもやはり告解ではないかとね」

「なるほどね。そうかもしれませんね。でも、キリスト教にしてもイスラムにしても宗教が辺境に広まるとき、別にみんなが教義に心服しているわけじゃないでしょうにね。不思議ですね」

「やはり大きな力があるんだよ。みんなの深い悲しみや苦痛を受け入れる力がね。マリアは観音であり、浄土でもある。でも、集団ではなく近代の個人に対してどうかといえば、そこでは告解に注目せざるを得ない」

「日本ではキリスト教はどちらの受け入れられ方をしたんでしょうか？　マリアでしょうか、告解でしょうか？　集団の中で居場所を確保するほうが大切、とする強い伝統があると思うのですが。あまり告解的なことは感じられないように思いますが」

「どうだろう。やはりマリアだと思うよ。ただ、日本に限らずだけど、あの時代スペインやポルトガルは、キリスト教に明らかに戦略を持たせていた。宣教師の情熱とは別の意図をね。その辺がいやらしいよな。つまりある文化が別の文化を侵略しようとするときの尖兵の役割を果たしてしまうんだね。そのときの場の軋轢や同調や応諾・内在化の問題は、それなりに研究されている。まあ、平たく言えば、文化や生活の様式をどうやって自分たちのものになれさせるかみたいなね」

「歴史や社会体制が暴力的に大きく動くときには、個人の資質がどうのこうのではなく、集団が持っている雰囲気というか、場の軋轢の具合が大きな要素になるのはわかりますけどね。でも平和に見えるときにもこういうことは繰り返されているんでしょうね。文化的な侵略ですね」

「まあ、意地悪な見方をすれば、よその土地で何かやろうとすればすべてそうだといえなくもないからな。それをどう受け取るかは、やはり個人の信念の問題に還らざるを得ないものな。社会や他人から圧力や影響を受けるとき自分がどう動くかの問題だよ。でも、これでは我慢できないと思うとき、あんたは自分の話を聞いてほしくないのか？」

「あまり。集団に自分をどうなじませるかを考えるほうが楽だし、機能的なんじゃないですか。正直、そう思いますね」

「ほんとうに？　集団にはぜんぜんなじんでないようにも見えるけどね。難しいことをいう割には、自我意識の希薄なシャーマン的な性格なんじゃないのか」

「そうかもしれませんね。よく考えると」

「ところで、フロイトは宗教をどう思っていたんだろうね」

「難しいですね。エリアーデは、フロイトの宗教への考察をあまりに幼稚すぎる、とこき下ろしていますけどね。その点ユングは、アスコナで頻繁にエリアーデと語っていますけど、祖型などある集団に共通する鋳型のようなものとか集合的無意識とかある意味宗教的な視点を共有しているように思います。ただ、エリアーデはそのあとで、フロイトは宗教の必要性をよく知っている人でもあると擁護しています。『ぎりぎりの状況では人間は神を見る』フロイトはこのことをよく知っているとね」

フロイトの生きた場

「なんか複雑だね」

「フロイトにはやはり興味がわきますね。彼が祖型的な視点を持たなかったのは、かえってあまりに大きな祖型のなかにいたからではないのかとも思えます。彼自身はどんな自我意識を持っていて、どんな場で暮らした人なんでしょうかね」

「それは私もおおいに興味があるね。彼自身さまざまな神経症の症候を持っていたことはよく知られている。強迫神経症を持っていたので、自分が、『排除される選民』ユダヤ人だったことは、かなりこたえていたのではないかな。実際には『場』の厳しい軋轢の中に身をおかざるを得なかったし、社会の中で苦しんだ。それは、彼の『自我』の理論にも十分反映されているよ。『自我』は性衝動であるリビドーのほかに、罪や罰に当たる超自我や現実生活の中で苦しむ存在だとしている。フロイトの場合は、神の問題のほかに生活人としてユダヤであるという事実を考慮しないわけにはいかない」

「『モーセと一神教』の世界ですね。サイードたちも『フロイトと非‐ヨーロッパ人』のなかでパレスチナ問題と絡めて鋭くついていています」

「新生ユダヤへの道を開いたモーセはエジプト人だったという事実を取り上げたやつだね。やはりすべては大きなつながりのなかにあるということを考えさせられるね。フロイトは結局ナチによるユダヤの大虐殺を知らずに死んだわけだけど、一九三九年だったっけ、大虐殺の後まで生き残っていたら、もっと社会的な発言を強めた人かもしれないね」

「それはどうでしょう。フロイトが生きていた時代も十分に社会的にはとても大きなうねりがあったわけです。何かとてつもなく暗い危機感というかシオニズムを軸にとても神経質で危険なやり取りがあった。でも、ナチ以前のヨーロッパでのユダヤを私たち東洋人が正確に想像するのはちょっと無理な気がしますね。とにかく、彼は社会的な発言もしたのかもしれないけど、やはり一人の精神病理学者と見なくちゃだめでしょうね」

「たしかにね。フロイトが一番やりたかったことって何だろうね。業績としては神経症に関する考察ってことになるんだろうけど」

「彼はやはり一人の臨床家だったのだし、社会全体をとらえて活動した人ではないですものね。不安や葛藤が人間の中でどんな病理を持つかが中心課題だったわけだし、先生の言葉のように、それを明らかにするための告解のやり方に興味があったんじゃないでしょうか。そのやり方を変えようとしたんじゃないでしょうか」

「そうだ。告解した相手に対して司祭は神の言葉で答えようとしているけど、フロイトはそれを科学の言葉に置き換えたかった」

「それと先生がおっしゃった自我哲学の読み解きの問題は大きいでしょう。これはユダヤである彼の根幹にかかわります。方法としての謎解きごっこは、彼の根幹であるユダヤにもタルムードというすごいものがあるわけですから、移し変えはやりやすかったでしょう」

「告解のやり方というのは治療の構造論だね。たしかにどういう言葉を使ってどういう装置で神経症を見るか、というのはすごく大きな問題だ。まあ、そのほかのフロイトが社会に与えた影響はみんなが好きなように推測しなくちゃどうしようもないね。あまりにも話が大きすぎる。でも、興味あるね」

「そうですね」

「ひとつの要素として大陸に、つまり何というか彼の周囲に渦巻いていた大きな自我哲学の流れのなかで彼が時代に何を読み取ったかを考えなければいけない。結果的にだけど、おおよそ社会科学に属する分野で、フロイトの精神分析の影響を受けていないものはないからね」

「そうかもしれませんね。精神医学、文学は言うに及ばず、人類学などもフロイトの『トーテムとタブー』の影響を受けています。その影響を『現地調査』的手法によって排除しようとした歴史だといえるかもしれません。いや、逆なのかな。フロイトがその手法にかみついたのかな」

「私は『トーテムとタブー』は読んでいないけど、彼の主要理論のひとつ『エディプス』に深くからむようだね。つまり近親相姦の問題に。これは伝統社会では族外婚か族内婚かとても深い問題だ。フロイトがそこまで意識して性衝動の問題を扱っていたのなら、エリアーデの批判はまったく的外れで、あたらないことになる。フロイトはとてつもない民俗史家ということになってしまうけどね」

「どうなんでしょう。フロイトはその辺りまで意識していたのでしょうか」

「どうかな。よくわからない。でも、フロイトの守備範囲はやはり都市に暮らす神経症の人たちの病理だよ。人類学の手法とはそもそもかなり違うと思うね。彼は、人類学的に言うと、おもに悪い意味で、自我の論理から出発してしまっている。やはり古くから伝わる共通した型である象徴の観念上・行動上の意義、影響力をきちんと見ていないんじゃないのか」

「そこが、エリアーデがフロイトをこき下ろしているポイントなのかなと思うのですが。でも、フロイトは、それまで大陸でなんとなく漠然とした観念として描かれていた自我を綿密に個人の思考・感情の過程に組み込んでしまった。これはとてつもなく大きなフィルターです。伝統社会を見るときも、フロイトが提供したパーソナリティ論、つまりそこに個があるのかないのか、がとりあえずの問題になってしまう。伝統社会の人の思考形式を洞察するにしても、個人と社会のすり合わせの深いところは結局そこからしか、つまり自我が濃いか薄いか、からしか言葉をつなぐことができなくなったんです。まあ、その前に何か言葉があったのかというのがさらに大きな問題なんでしょうからね。やはりそこからしかはじまらないんです。宗教の現代的考察も同じです。精神分析からかなり遠いと思える経済学にしても、マルクスというかマルクス主義者はフロイト的呪縛に引き込まれないようにという緊張感のなかであの理論を整備していったといえなくもない」

「何でもかんでもフロイトにひきつけて考えすぎてやしないか？　第一、年代的にもマルクスがフロイトを意識できるはずがない。それに個人などというのもフロイトどうこうじゃなく、あの時代がひねり出した産物なのかもしれない。そんなのを人類学者や宗教学者が聞いたら真っ赤になって怒るぞ。でも、たしかにそういう意味ではマルクスは限りなくフロイト的かもな。どちらが先なのかはともかくとしてね」

「そのくらい時代の潮流に乗っていたし、恐れられてもいたんじゃないですか。それにいくら否定しても、人類学者たちの視点もヨーロッパから発せられたものです。ただ、精神的に自分はヨーロッパの辺境にいると感じていた人たちが、ぎりぎりアジアやアフリカから啓示を受けることができたんでしょうね。それにしても、フロイトが意識していたかどうかはともかく、それ以後明らかに精神世界を見るフィルターの色が変わってしまいました。これは偉大な発見なのかもしれません。でも、ひょっとすると、彼は人間に残った最後の深い森を切り拓いてしまったのかもしれません」

「なるほど。それにしてもフロイトは、終生ヨーロッパ人ではないユダヤの民としての自分の問題にこだわった。もうひとり意識と無意識を扱った大立者ユングもフロイトと自分との違いに終生悩んだ。フロイトと足並みをそろえたかったんだろうけど、どうしても同一化できなかった。とても苦しんだようだ。その原因のひとつは彼とフロイトの素性の違いだといわれている。でも、フロイトはウイーンを去る前あえてユダヤでないユングを後継者に選んだ。精神分析を『ユダヤの学問』のままで終わらせたくなかったんだろうね。擁護するものにとっても、排斥するものにとっても、ユダヤはとても苦しい」

「そのユダヤとヨーロッパという問題は現在もひどくいびつな形でしか扱うことができないですね。解決途上ですらないかもしれない。ヨーロッパは、民族的に宗教的に恐ろしいほど多様な地にまったく強引な形でイスラエルを建国させてしまった。ある意味でナチと同じくらい陰湿なヨーロッパの偽善を読むほうがいいのかもしれない。この問題はイスラエルがあそこにある限り、百年や二百年では片がつかないでしょう」

「それも含めてひとつの歴史だ。それにエルサレムを中心とするイスラエルにユダヤの国を作ったことをヨーロッパの偽善と決め付けるのはすこし言いすぎだろうと思うよ。ダビデの建都やアッシリアの撤退を預言したイザヤの時代からイスラエルにユダヤが住むことには正当性がある」

小谷はチラッと大山の顔を見ながら言葉を切った。そろそろ現実に戻って病棟回りをしてこようと思い立った。

A医師の治療

小谷は、苦しいときに自分が引っ込むあなぐらの情景と重ね合わせながら、由美の心象のなかを歩いていた。最近は、小谷が踏み込んでも、さすがに夢のなかのようにパトリオット・ミサイルが飛んでくることは少なくなったが、相変わらず小谷の中で胸騒ぎが収まることはなかった。

由美の話は奔流のように続く。

由美は、和子が見つけた医師の診察を受けた。病院にかかるということ自体、由美にはしっくりこなかった。自分としては、特に何も困ってはいない。なぜ病院に来なければならないのか。

ただ、和子の指示には従った。和子は医師から勧められた献立を完璧に用意し、目の前でそれを食べることを由美に迫った。ランチセッションというひとつの治療技法として和子はそれを勧められていた。由美は、その食事の儀式をこなした。そして食べたあとひとりで吐いていた。由美の体重は増えなかった。不自然で凍りついた生活空間のなかで、親子はさらに深い穴に落ちていった。

和子は食事を作り続けた。由美はそれを食べ続けた。病気を治すために。ふたりは同じ目的に向かっていた。和子は自分の苦しみを感じることができなかった。やせてゆく娘に自分の苦しみを投影した。「由美、がんばって」。由美も自分の苦しみを自分のこととして感じることができなかった。空虚で憂うつな気分にさいなまれる母に自分の苦しみを投影した。「母さん、大丈夫?」

それは一種甘美な関係でもあった。自分を覆う厳しい状況は意識されることなく、お互いの感情を自分のなかから排出し外在化させ、それぞれ相手にかぶせ合うことによってお互いがぐるぐると縛り上げられた共依存の世界。

由美の体だけがずたずたに壊れていった。彼女の体は、この意識の遊戯に耐えることができなかった。どちらかの何かが、耐え切れなくなって崩れる。精神が破綻する代わりに体が崩れた。しばらくして由美は倒れ、医師に紹介された病院に入院した。

入院した病院の医師Aはやさしかった。それは相当の経験からくるやさしさだった。

「まず、吐かずにすむ一日の食事量を決めよう」ということで、ふたりで相談して八〇〇キロカロリーからスタートした。普通に動いている人間は二〇〇〇キロカロリー程度を必要とする。寝たきりの状態でも基礎代謝を維持しようと思うと一二〇〇キロカロリーは必要であり、糖尿病食のひとつの基本単位である一六〇〇キロカロリーでも動こうと思うと、かなりお腹がすく。その半分の八〇〇とはどのくらい少ないカロリー量なのか容易に想像できる。

しかし、自己嘔吐の激しい拒食症の患者は、自分の食べる適切量が本当にわからなくなっていることが多い。いくらでも食べられるが、すべて吐いてしまう。そのため、胃と脳が「吐かなくてもよい」と判断し、意識が「吐かない」ことを指示できる量からはじめなければ意味がない。胃あるいは脳にまったく働きかけができない場合には中心静脈栄養による完全管理体制がしかれる。A医師は由美にこのようなことを慎重に語りかけた。ふたりは八〇〇からスタートした。八〇〇キロカロリーは問題なくクリアできた。このカロリーでは絶対太ることはないし、胃も脳も生理的反射的に吐くことを要求しなかった。じきに摂取量が一〇〇〇キロカロリーに増えた。

この段階でA医師は面接中に何度か過食嘔吐についての説明をしてくれた。

ダイエットをやって体重が減ると、反動で過食傾向になること。それをさらに抑えるためにダイエットを厳格に行うと、さらに過食の反動が強くなる悪循環が生まれる。この過程で嘔吐がはじまることも多い。A医師の言葉はよく納得できた。そして、食事をコントロールできないため、無力感が強くなり、自分に自信がなくなってしまう。たしかにその通りだった。自信がなくなることによる抑うつ感に、体力的な低下にともなう精神的エネルギーの低下が重なり、さらに抑うつや不安気分が増大する。脳の萎縮が進み、それにともなって衝動的な行動がおこりやすくなる。これも思いあたることの多い説明だった。では、どうすればよいのか？

これについてもA医師は説明してくれた。「とにかく食事をコントロールできるという自信を持つことが大切なんだよ」。たしかにそうだろう。でも、過食しそうになるときにはどうすればよいのか？

この問いにも医師は答えてくれた。

過食は身体的な反応であるとともに、まずい形ではあっても、ひとつのストレス対処でもある。ストレスとは個人と環境の関係のなかで心身の負荷になる刺激や状況により生じる緊張状態と定義される。対処はそれを何とかしようとする認知あるいは行動上の努力である。

ストレス対処には感情的な対処と問題解決的な対処がある。過食は感情的な対処に属する。感情的な対処のなかでも、過食よりは、言葉を吐いたり幼稚な形であったりしても自己主張する、つまり愚痴をこぼすほうがましだと教えられた。

イメージの使い方も教えてくれた。さらに、何かすっぱいものを口の中に入れたり、フルーツをゆっくり時間をかけて食べたり、ゆっくり氷をなめたり、口を動かすことでなくても、散歩したり、何かを読んだり、音楽を聴いたりすることも有効だ。そんなことも教えてくれた。

ふっと過食しそうになるときそんなことをやって、とにかく過食を防ぐことができれば、たしかに自信を持てそうに思えた。このようにして感情をコントロールしながら過食の原因となっている根本的な問題を解決してゆけばよい。

食事量が一二〇〇キロカロリーに増えて、由美はときどき吐くようになったが、医師はあわてなかった。

医師があわてなかったので、由美もあわてなかった。医師は「吐く回数が減っていることに自信を持ちなさい」と言った。たしかに今はかなり食べているのにときどきしか吐かなくてよくなっている。以前ならこの量を食べればまずほとんどすべて吐いたはずだ。

なるほど、と由美は思った。さらに医師に「なぜ吐かなくてすむようになっているかも考えなさい」と指示された。食事をふくむ自分の行動と考えたこと、思いついたことを日誌につけて、面接でA医師と一緒に自分の変容を確認しあった。

A医師の侵入

母のいない空間で由美はA医師と密やかな交流を続けた。フロイトは、転移感情を慎重に扱った。転移感情の扱いは重要だ。拒食症治療の始祖ガルは、患者に、自分で作ったスープを自分の手で与え、転移感情を増幅させる工夫をした。A医師は彼女の転移感情を非常に慎重に扱った。由美にも、吐かずにすんでいる自分に少しずつ自信が戻りつつあるのがうっすらと感じられた。A医師は「周囲の人と新しい関係を作ることが大切だ。いや、新しい関係になっていることに気づくはずだから、それを確認する機会がほしいね」と新しい関係性の重要性を説いた。

「一緒に話せる友だちはいるの？」

A医師が尋ねた。母との閉ざされた長い生活のなかで、由美の視野から、友人といえる人たちは、ほとんど消えてしまっていた。

以前には、ボーイフレンドもいたのだが、それはずいぶん遠い昔の出来事のようで、もはや実感をともなった経験として思い出せる類のものではなかった。そんな日も自分にはあったのだ。茫然と思う。

今は母以外に相談できる相手がいない。そのことにも由美はしばらく気づかなかったし、気づく必要もなかった。その困った現実に由美は徐々に気づいていった。

A医師は由美と母の閉ざされた甘美な関係に確実にくさびを打ち込んでいった。和子と由美も自分たちの関係にくさびが打ち込まれつつあることを敏感に感じ取っていた。それは異性であるA医師へのふたりの複雑な思いと相まって、親密だったふたりの感情に微妙な違和感を生んでいった。

多くの関係の喪失を思い出して由美は久しぶりに悲しみと怒りの気持ちを抱いた。由美は長い間、母がしつらえた甘美なパテオのなかで、母だけを向いて生活していた。パテオは胸苦しさとともに、くりかえし由美の夢のなかに現れた。いろいろな形で現れた。そうだ。母とともに父の家を出てからずっとそうだった。A医師との交わりの中で、由美は自分が身をおく閉ざされた空間のまずさを次第に認識できるようになってきた。そして怒りの気持ちが次第に大きくなっていった。なぜ私はこんなところにいなきゃいけないんだ。

由美は激しく新しい関係性を求め始めていた。

A医師は、由美のこの気持ちの変化に十分気づいていなかった。医師自身が関係する変化だったので、気づきにくかったのかもしれない。自分が火をつけたその感情の行方に無頓着だった。あるいは転移感情と知って自分からはあえて動かなかったのかもしれない。

そのころ由美ははじめて母との長時間の面会を許された。これまでは、必要なものを渡してもらうくらいの面会しか許可されていなかった。母は別個にA医師の面接を受けていたようである。ひさしぶりに和子とふたりの時間が流れた。

A医師は、由美にランチをともにしてくれる友人がいないとみて、母との関係性の改善を急いだのだ。由美は、A医師から、母との関係性を変えること、つまりその距離を変える必要があることを示唆された。ふたりの距離は不必要に近すぎる。たしかにその通りだった。その必要性を由美は、A医師と自らの距離感を通してはっきりと感じた。

由美は、ひさしぶりにパテオのなかを母と歩いた。でも、以前のように母と自分を同一化できなかった。

たしかに自分の目の前にかぶさっているフィルターは以前とは変わっている。それはかなりA医師の色に染まっていた。母とふたりだけの空間に違和感があった。気まずかった。落ち着かなかった。

そのなかにはA医師に対する気持ちのさざめきが含まれていることに由美は気づいていた。母さんはこの場の空気をどう思っているのだろう？　由美は気にしながらしばらく黙っていた。

「母さんは先生とどんな話をしたの？」

思い切って由美は声に出した。

「いろいろよ」

由美には和子の目が自分に向いていないのがわかった。いつものように。

和子は、A医師から、娘に共感してやること、娘の傷の痛みを受け入れてやることの重要性を説かれていた。話を聞きながら、自分のいたらない点についていくつも思いあたった。

ただ、彼女にはどうすることもできなかった。和子も助けを必要としていた。由美に及んだ仕打ちは、すべて思い出してみると、自分を守るためのぎりぎりの無意識の防衛反応だったからだ。

そして、苦々しい思いとともに、もうひとつのことに気づいていた。由美のA医師に対する感情である。由美とひさしぶりに一緒に歩きながら和子は、娘の変化を感じていた。それは彼女にとって決して心地のよい変化ではなかった。娘は自分から離れつつあった。同時に、和子自身のA医師に対する感情もはっきりと意識することができた。

由美は和子の目が自分に向いていないことがわかって、まず怒りの気持ちを覚えた。やはり和子の目は彼女自身にしか向いていなかった。しかし、怒りは強くならず、歩き続けるうちに無性にむなしくなり、やがてそれは強い不安感にかわった。

虚無と不安の世界に、A医師が侵入し、世界の色を変えつつあった。

由美と和子の距離がはっきりと近づいたのは、父と別居をはじめてからである。その少し前から和子の苛立《いらだ》ちが激しくなっていた。彼女は由美に愚痴《ぐち》った。父も彼女に苛立ちながら応答していた。父は祖母エイと母との間にたって困っているように見えたが、次第にエイの息子としての立場を鮮明にするようになった。

これが和子には大きなショックになった。母が家を出るとき由美はなかば当然のことのように一緒に家を出た。そして、和子と由美とのふたりきりの生活がはじまった。このとき以来、他人とくに異性への拒否感はふたりの空間を維持するための暗黙の条件のひとつとなったはずだった。

自分に向けられた感情に気づかないまま、A医師は、家を出たころの由美の状況を彼なりに再度慎重に確認した。

そのころ由美には、何人かのクラスメートとボーイフレンドがいた。引っ越しても、学校はそれほど遠くなったわけではなかった。由美が次第に頭痛や倦怠感や吐き気のために学校を休みがちになったとき、ボーイフレンドの「やせた子が好き」という軽い一言にふっと反応して由美はダイエットをはじめた。しかし、やがて彼女は彼の一言一言に過敏に反応するようになり、自分自身のその反応の強さのために彼のそばにいられなくなった。

家のなかで、母とふたりだけで過ごす時間が多くなった。人として、ひとつの存在として一番近しい母の引力圏。そのなかで暮らすうちに、由美は母の暴力的な侵入におびえる一方、ある種の甘美な安らぎを覚えるようになっていった。不安と苛立ちと陶酔のなかで由美はクラスメートの輪から次第に遠ざかっていった。ひとり若菜という友だちが最後まで連絡を送ってよこしていたが、それもついに途切れた。

由美は毎日、母のしつらえたパテオのなかでつつましく暮らした。つつましく見える暮らしのなかで、やがて体が崩れた。由美は、母との無意識の交渉と葛藤を意識のなかで引き受けることなく、すべて自分の体に押しつけた。

和子との長時間の面会を終えたあと、由美は再びA医師と向き合った。和子もそばにいた。

「どうでしたか？　どんな話をしましたか？」

Ａ医師はふたりに尋ねた。ふたりはお互いの間合いを計りかねていた。ふたりが言葉を控えていると、医師は和子に受容してあげることが大切だと語りはじめた。

「由美はまだ長く入院していなくてはいけないんでしょうか？」

和子の問いにＡ医師は「あなたしだいです」と応答した。

こののち退院を前提として何度かＡ医師と由美と和子の三者の面談が行われた。食事量も増え、由美は食事のあと、また少なからぬ量を吐くようになった。

由美の体も退院準備をはじめたのである。由美の意識は無意識とも呼ばれるその奥底で、Ａ医師との別れを恐れていた。そしてひそかに、母との以前の生活に戻ることにも恐れと、逆に、ある種の安堵感を抱いていた。

このアンビバレントな感情は、苛立ちにつながった。そしてその苛立ちは無意識の領域に圧力を加え、警戒信号である不安感を意識に送りはじめていた。由美は、またかなり吐くようになっていた。Ａ医師は、この由美の情動の変化に気づくすべを持っていなかった。あるいは放置していた。

Ａ医師は由美が学校に戻ることを行動改善の大きな目標にしていた。しかし、由美には学校に戻る動機づけは何もなかった。Ａ医師は、母と学校に戻るためのプログラムをこなすよう由美にアドバイスした。

このあたりからＡ医師のプログラムはかなりちぐはぐなものになりつつあったようだ。自分に向けられた情動に気づいていないのだから仕方がない。

母と一緒に外出することがプログラムに組み込まれた。考えてみれば入院前はろくに外出もできなかったので、しばらくぶりに和子とデパートを歩く自分が、ずいぶん新鮮なものに感じられた。和子もうれしそうに見えた。

「母さんもわたしが学校に行けるようになるとうれしい？」

「もちろんよ」

真顔で答える和子の顔を、由美は、そっとのぞきみた。学校のことは由美の視界には入っていない。

「母さんはわたしが入院しているあいだどうしてたの？」

「いつもどおりよ」

医師の指示もあり、外出の途中、由美はひさしぶりに家のなかに入った。和子の生活は何ひとつ変わっていないようだった。

私がいてもいなくても、じつは何も変わらないのだろう。うっすらとそんな気がした。ずいぶん散らかっていて、台所や居間にアルコールのビンが無数に転がっていた。そのうちの何本かは由美が呑み残したものだった。そして和子が大山の実家時代からひそかにはじめた愛用のパイプ。アルコールのビンをしげしげと眺めた。これじゃ父さんと同じことをやっていただけのことね。不思議な気がした。それらのビンは、この前まで母との甘美な空間を演出してくれていたもののはずなのに、今は汚らしい時間の残骸でしかない。

（本当に変わらないわね）

由美は心の中でつぶやいた。

Ａ医師は、由美が母と一緒に外出できるようになり、何度か自宅に帰ることができたのを見届けた上で退院を許可した。Ａ医師との別れだった。由美は退院して、Ａ医師を紹介してくれた最初の医師の外来に通うようになったが、吐く量は三週間でもとに戻った。

小谷の疑念

外泊事件のあと由美は堰を切ったように急にしゃべるようになったが、小谷を必死にＡ医師の姿に重ね合わせようとしていたのかもしれない。

強烈な転移とともにくりだされる由美の話から、発症前後と前の病院での様子を鮮明に想像することができた。

Ａ医師の対応そのものは何も間違っていなかった。現在もっとも推奨されている認知行動療法の方式を取り入れた優れたやり方である。でも、由美は治らなかった。いや、入院中は良転していた。Ａ医師の責任はそこまでである。由美の転移感情にＡ医師がストレートに乗るわけにはいかない。

ただ、自分の中の何かが、警告を発していた。何か変だぞ。何かが抜けている。間違っているぞ。小谷に何か大きなことが話されていないのではないのか。いやな思いがぬぐえなかった。由美の話には大きなごまかしがあるのではないのか。まだ何か語っていないことがあるのではないのか。

小谷の病院に担ぎ込まれてきたときの由美は、前の入院時より一段と危機的な状況だった。彼女は、生死の境をさまよっていた。小谷も、ここまでは慎重な身体管理のあとおおむね行動療法の原則にのっとって、じりじりと食事量を上げている最中だった。

退院後もよい状態を保とうと思えば、ここからが難しい。強烈な転移感情のなかで、それまで固く閉ざされていた由美の家庭の力動を洞察できるようにはなっていた。でも、由美は、まだ小谷にすべてを話しているわけではない。まだ大事なことを話していない。いや、人格交代のために話せないのだ。解離性障害の場合、交代した人格は、全く他人のものである。他人のことについてしゃべるすべはない。でも、小谷はそこまでの情報をもとに、治癒への戦略を立てなければならない。

小谷には、まず母親が気になった。

(母親が問題だな。蜘蛛が巣を張って待ち構えているようなものだ。これでは帰しようがないではないか)

小谷は、自分と由美の関係がまだA医師とのそれの濃密さに達していないことを悟っていた。自分は、A医師のように由美と和子の間に割って入ることはできない。和子は、由美が帰るのをじっと待っていた。しかし、由美は治ることができない。由美は治るわけにはいかない。今のまま帰ればおしまいである。次のことが容易に直感できた。

(今度しくじったら由美の命はない)

ただ、彼女は前回の入院で母の呪縛の強さに気づいている。そこから逃れる必要性を感じている。少なくともそのことを必死に小谷に訴えはじめてはいる。前回の治療には適切なサポートがなかった。A医師を引き継いだ外来の主治医は、由美と母との関係性に何も施さなかった。自宅に帰った由美は、大きな不安感と無力感のなかでじりじりと以前の生活に後退していった。

そのあたりのまずさは、今や面談のなかで小谷と由美の共通認識になっていた。小谷は自分の子どもを食うクロノスの物語を思い浮かべていた。

家族病理はさまざまな側面を持っている。患者をぎりぎりまで面倒みて振り回された挙句ぼろぼろになっている家族もあれば、患者を犠牲にすることで、奇妙で病的な家族力動を維持しているケースもある。

由美のケースも例外ではない。由美ばかりでなく、和子も誰かが面倒をみなければならない。その工夫がなければ、つまるところ由美は落ち着きようがない。和子については、少なくとも現在彼女を支援している誰かが存在する印象はない。

和子の病状は、彼女が経てきた家族や宗教的な場で味わった軋轢や葛藤、あるいは薬物に負う部分が大きいだろうと容易に想像できる。ただ、小谷の知る彼女を取り巻く状況は、由美の話から小谷が自分の洞察を通して導いた物語でしかない。家族自身が抱く物語はこれとは異なるのかもしれない。いずれにしても、和子にもその物語のあちこちにくさびを打ち込みながら、ともに回想し伴走してくれる治療者なり何らかの支援者が必要なことに違いはない。そして、その伴走者になることは、由美にとっては明らかに荷が重すぎたのであり、その過重が由美に変調をもたらしたと言える。

小谷は経験から母親をはじめとする家族には十分注意するようになっていた。家族の物語の何が患者に大きな荷を負わせているのかを洞察できなければ、治療者との関係性のなかで回復が得られても、患者の帰るべき場が得られず、新しい場所を探さなければならなくなる。

病的でその異常さがわかりやすい家族もあれば、逆に、妙に飲み込みがよく一見治療に協力的な親のなかにも、自分自身の防衛反応に子どもを組み込んでいたりする場合がある。子どもを病気にすることで自分の適応を保っているのである。自分の病理を子どもに投影しているともいえる。

和子の病理は一見するだけでも、小谷一人で手に負えるものとは思えなかった。アルコール、薬物依存からの社会復帰をみすえて、さまざまなチームが関わる必要がある。

由美の魔性

小谷は、和子ばかりでなく、由美と自分との関係性についても、もう少し根本的なところで不安を持っていた。これまでの洞察は、由美の語りだけをもとに構築されている。しかし、これだけ話すようになった由美が、未だに、拓也との一件については小谷に一切話していない。家族力動や前回の治療の経過にもまだ何か隠されていることがあるのではないか。しかし、由美の過去については彼女自身からしか確認のしようがない。いや、和子がいる。でも、和子とは何度も面談を持ったが、いつも裏切られてきた。彼女からは何も洞察につながるものは得られない。彼女は自分自身の物語しか語らない。

しかし、「それでも」と思い、小谷は和子に話を向けてみた。少しでも裏を取れれば。

「近頃、由美さんと、以前入院していたときのことをよく話します」

「由美はなにか話しますか?」

「ええ、いろいろと。最近はよく話してくれます」

「じゃあ、A先生とのことも話しましたか」

「ええ、A先生のことはよく話題に上りますよ」

「じゃあ、あのことは話しましたか?」

「あのこと?」

「まだ話していないんですね」

「何を、でしょう?」

「由美はA先生と関係を持ったのです」

「え!」

「やはりまだ話していなかったんですね。そのために先生は病院を追われたのです」

和子は、いつもの無表情のまま、顔を小谷に向けることなくそう告げた。

小谷は驚愕した。そして由美に抱いた不安の正体が明らかになった。自分はいったい由美のどの人格と接しているのか? またこの問いかけが繰り返された。

そんなことがあったあと、ある夜、小谷が当直をしていると、当直部屋のドアをノックするかすかな音が聞こえる。周囲をはばかりながら、小さくノックしている。誰かはわからない。ぞっと寒いものが背筋を走るのを感じた。小谷はドアを開けなかった。

「だれ？」

小谷は小さな声を絞り出した。ノックの主に心当たりがないわけではなかった。小谷の頭にはフッとSの影が浮かんだ。ノックの主はほどなく立ち去っていった。

翌朝、その夜看護当直をやっていた美里に、誰か深夜に病棟を出た患者がいるのか、と確認しようとしたところ、彼女のほうから小谷に話しかけてきた。

「じつは、先生」

「なんだ？」

「わたし見たんです」

「なにを？」

美里の話では、たしかに由美が遅く外出から帰ってきて、その足ですぐ病棟には入らず、医局と当直部屋のある二階に上がっていったという。あとを追いかけようとしたが、すぐに降りてきたとのこと。「どうしたの？　患者は二階に上がってはいけないよ」と言葉をかけると、先生に渡したいものがあったのだという。「何？　私が届けてあげようか」と向けると「けっこうです」と、そのまま部屋に帰ってしまったらしい。

小谷は翌日も由美と面接した。昨夜自分に話か何かあって二階に上がってこなかったかと問うた。そんなことはしていないという。悪びれた様子もなく、顔色も特に変わらない。小谷はそのことについて、それ以上問い詰めることはしなかった、
次の当直の夜にも、やはり部屋をノックするかすかな音がした。

「先生」

小さな声がする。

「だれ？」

小谷は応じた。

「ここを開けてください」

小谷は声の主の顔が確認できる程度にわずかにドアを開けた。

「先生、先生、早くここを開けて。助けてください」

由美がいた。ただ、そこにいるのは、面接室で小谷が知る由美ではなかった。彼女は感情の荒波のなかで必死にもがいているように思えた。かなり幼くも見えた。（人格が交代しているな）

小谷はとっさに悟った。

「私です。那美です。助けて」

「那美さん？」

由美は、那美と名乗りながら、強引にドアを押し開けてきた。

「A先生、助けて」

由美は小谷に抱きつくと、乳房と下腹部を激しくこすりつけながらあえぎだした。小谷は狼狽して身動きできなかった。

そのとき、美里が当直室に飛び込んできた。

ヒステリー発作

「先生、由美ちゃん」

美里もあっけにとられて身動きできないでいる。

「由美ちゃん！」

美里がもう一度鋭く大きな声を発した。次の瞬間、由美の力が抜け、ガクッと小谷の腕のなかで崩れ落ちそうになった。もうろう状態になっている。

「転換性の脱力発作だよ」

由美をベッドに横たえながら、小谷は言葉をつないだ。

「やっとわかったよ。由美は、強烈な人格交代を起こす、つまり別の人間に変わっちゃうんだ。緊張とか恐怖とかで感情が高ぶるとき、強烈な性衝動とともに、那美ちゃんにね」

「どうすればいいんですか？」

美里も落ち着きを取り戻せないでいる。

「とりあえず閉鎖病棟に移さなければね」

「これを見てごらん」

小谷が取り上げた由美の右腕は赤くはれ上がっていた。美里は目を見張った。

「どういうことなんです？」

「だれかにぶたれた記憶が引き起こす感情が、腕を赤くはれさせているのさ」

「だれが？」

「たぶん……、母親だね」

「どういうことなんでしょう？」

「これも転換性の発作だね。お母さんにせっかんされている人格の感情がすごく強く出てきちゃうんだ。その強い恐怖心と性衝動がセットになってしまっている。性衝動で恐怖心を抑えるんだね。すさまじい病態だよ」

結局、性的な逸脱行動のコントロールができないと判断されて、由美は閉鎖病棟に移ることになった。由美はあっさり納得した。あるいはそれを望んでいるようにも思えた。

閉鎖病棟に移っても、小谷は、由美との面談を以前と同じように続けた。由美は案外落ち着いていた。

白根ばあさんと一緒にいて、ばあさんの呪文に合わせて腰を振っている姿をよく見かけた。

「由美はこっちのほうが落ち着くようだな」。束縛はある意味安心を与える。まったき自由のなかに放り出されるのはそれほど居心地のよいものでもない。特に、由美は自由に慣れていない。

理恵の決意

由美を閉鎖病棟に送った翌日、小谷は、面接室で理恵と向き合っていた。理恵はためらいと決意が入り混じった顔をしていた。

「先生」

「なに？」

外泊について理恵の頭に先日からひとつの考えが浮かんでいた。ひとりで自分のマンションに帰るのではどうもうまくいきそうにない。いかにも自信がない。また、その前にひとつ片付けなければならないことがあるのではないかと感じていた。

つまり、彼女は一度瀬戸内海に面した岡山の実家に帰らなければならないのでは、と思うようになっていた。長期に居続けるのではない。いま自分にとって実家がいったい何なのか、確かめてみたかったのだ。このことは麻衣にはすでに話してあった。

「いいんじゃないの。それは必要だと思う」と麻衣は賛成してくれていた。さらに麻衣はひとつの提案を理恵に持ちかけていた。

「退院して私と一緒に住もうよ」

理恵もこの申し出はありがたいと思った。入院したことにより、麻衣は理恵の状態を十分理解してくれている。それを承知したうえでの申し出ならば、これしかないとも思えた。

面接で、理恵は、まず実家への外泊のことだけを口にした。話によく出てくる実家である。小谷も、理恵はいずれこの実家が症状に与えている意味を読み取る、あるいは読み直さなければならない、と考えていた。

ただ何かいやな予感があった。ひとりの患者の外泊が失敗すると、それが病棟全体に伝染する。このタイミングでの実家への外泊は大きな冒険になる。小谷には経験的にそんな不安があった。でも、理恵の決意は、小谷と話しているうちに固まったようで、ゆずる気配がない。

「いいだろう」

小谷は了承し、時期が検討された。それほど先延ばしする必要はなかった。

理恵の外泊

数日後、小谷の了承を得て、理恵は実家に向けて旅立った。由美の一件のあとでもあり、小谷にもためらいがなくはなかったが、遠くて往復に時間がかかることもあり、五日間と長めの外泊を許した。理恵はボストンバッグをひとつ持ち、新横浜で新幹線に乗り込んだ。

岡山の新幹線のプラットホームに降り立つと、理恵は急いで在来線連絡の改札口に向かった。新幹線のホームではまだこの地域独特のベチャッとした言葉つきが醸し出す雰囲気は強くなかったが、在来線ホームまで来ると、よく耳になじんだ岡山方言が渦巻いている。

理恵はその中を切り裂くように足早に歩き、実家のある玉野に向かって南に走る電車に駆け込んだ。電車は彼女が飛び乗るのを待っていたかのように滑り出した。

玉野は本州から四国への連絡航路の発着港になっていたので、瀬戸大橋がかかってJRの連絡船が廃止になるまで、街はいつもその大きさに不釣合いに通り抜ける大量の人並みを受け入れてきた。しかし最近は岡山市のベッドタウンとしての機能がまさり、街の様子も随分様変わりしつつあった。

すこし離れた造船所から湧き出るやや猥雑な雰囲気に囲まれた中心街にも、郊外のベッドタウン独特の様相が忍び寄りつつあった。つまり大きな道路とともに伸びる、一見整然としていながら、妙に無味で無秩序な空間が迫りつつあった。

窓の外に瀬戸内海が見えはじめるとそろそろ終点である。直島がその沖合に見える。電車を降りてバスに乗り換えた。

岡山の高校に通っていた理恵は、この三月まで毎日この乗り換えを日課にしていた。なれた道のはずだが、このとき理恵の意識は十年すこし前、母と光一と一緒に、はじめてこの地を踏んだときの情景に落ちようとしていた。

そうだ。瀬戸内海を渡ってきた連絡船が、今まさに桟橋に着岸しようとしている。理恵たちは連絡船でこの地に足を踏みいれた。理恵の一家は父を亡くしたあと、母の親戚を頼って九州からこの地域に流れてきたのだ。実家は連絡船桟橋からバスで少し西に走り、造船所を中心とする集落のなかにある。造船所に勤める人たちを包み込む飲食店のひとつがそれである。

理恵はぼやっとしたままバスを降りた。まだ、自分が今なぜここにいるのか、わからない。今朝まで病院にいた自分と現にここにいる自分の意識がうまくつながらない。よく考えれば、ここに来る必要はなかったのかもしれない。

変な違和感を抱いたまま歩き出した。母には今日帰ると告げてあった。ちょうど造船所の退出の時間と重なったらしく、たくさんの人たちが門から吐き出されてくる。理恵は表通りを避けて、裏通りから公園を横切るように家に向かった。公園の砂場で顔見知りの老人が孫を遊ばせている。目が合ったので会釈した。老人の顔がにこっと崩れた。その瞬間、理恵は、またぐいっと昔に引き戻されたような気がした。公園で遊んだあと駆け足で家に急ぐ小さな自分。

実家の小料理屋

その感覚のままで理恵は家の玄関に立った。なつかしい匂いがぷんっとした。

「帰ったわよ」

ためらいながら、理恵は中に向って声をかけた。

「ねえさん、帰ってきたん」

意外にも光一が応対に出た。

「母さんは?」

「今、下ごしらえで忙しいよ」

なるほど。先ほどの人波を思い浮かべる。いまからしばらく母佳代にとっては一日のうちで一番忙しい、てんやわんやの時間帯である。佳代の沖縄ふう家庭料理は客にすこぶる評判がよい。

理恵は居間に上がり荷物を降ろして、いつもつけっぱなしになっているテレビに目をやった。光一も、とくに久しぶりに会った姉に話しかけるでもなく、テレビを観ている。半年前と何も変わらない、朝、高校に出かけていった姉を夕方迎えているかのように。しかしテレビを見ている光一の姿を見て「大きくなったな」と思った。肩の辺りや腰の肉付きがこの何カ月かでぐっとたくましくなったように思える。

理恵は立ち上がって、店にいる佳代に、「帰ったよ」と告げた。「おかえり」と振り向いた母の横に、近所の新垣という男がいた。ぎょっとした理恵は、荷物を持って自分の部屋に駆け上がり、どきどきしたまま眠りに落ちた。

リストカット

しばらく眠ったようだった。長くはなかったが、苦しい眠りだった。何かにあえいでいた。下からの「理恵！　ごはんだよ」という声で目が覚めた。まだひどく苦しく、緊張していた。階段を下りようと思って、階下の部屋に目を向けたとき、居間と店の間にある納戸のような狭い空間に新垣がうずくまり、母の肩に手を回して話しかけているのが目に飛び込んできた。理恵は「あっ」と声を上げた。

理恵が小さいとき、この場所にはときどき新垣が店から上がりこんできていた。素性は知らないが、沖縄出身のその男のことはよく覚えている。母はずいぶんこの男を頼りにしているように見えた。ところが、光一が理恵のスカートの下から出て行ったあとは、その場所に男の姿を見かけることはなくなった。その場所には光一がいた。なぜいま新垣がいるのだろう。

「あっ」という声を聞きつけて、下から誰かが上がってくる気配を感じた。とても嫌な感じだった。理恵は机の引き出しにいつも忍ばせていたカミソリを持つと、無意識のうちに左手首に押しつけていた。部屋のドアが開けられたとき、理恵は気を失った。

それから理恵は自分の体がひどくゆすられたり、人の怒鳴り声や救急車のサイレンの音や車が鋭くカーブを切るのを夢うつつに覚えているが、すぐにまた眠りともつかない意識のない状態に落ちていった。

次に意識がはっきり戻ったとき、理恵は病院の救急処置室のベッドの上に横たわっていた。

病院のベッドで

病室の窓から造船所の様子が見える。随分まぶしいが、理恵は一日のうちのかなり長い時間カーテンを閉めずに窓の外を眺めて過ごした。

理恵はときどきあるイメージに襲われる。明るい光と青い海と深い森を背にした砂浜で、供物を前に自分が一心に祈っている。となりには穏やかに笑う祖父母がいて、やさしく彼女を見つめている。日本の本土ではなく、外国でもない。ぼんやりと感じられる森の植生が南洋的であり、理恵が小さいときごく短い期間過ごしたという父のふるさと沖縄の光景なのだろうか。父の家系は沖縄のシャーマンであるカンカカリャに属するという。このイメージは、理恵が実際目にしたものなのか、父の遺伝子がもたらす幻影なのか、定かではない。とにかく夢にも似たこのイメージが意識をよぎる。

ある日、一人の医師が部屋に入ってきた。いつもの医師とは違う。医師の顔をたしかめようとしたが、強い逆光でははっきりわからなかった。なぜか、ひどく懐かしく甘美な気持ちがわいた。医師は理恵に語りかけた。理恵はしばらく医師の影と話をした。

ずいぶん小さいときの話をした。小さいとき理恵を包んでいた空気がよみがえった。次々にいろんな人たちの顔が浮かぶ。すでに記憶のかなたに消え去ってしまっていた人たちだ。中心に父がいる。一度か二度しか会ったことがないはずの父の姉の顔も見える。なぜか新垣もいる。(なぜこの医師は私の小さなときのことを知っているのだろう)そんないぶかしさと懐かしさのなかで、理恵はまどろんだ。

理恵の夢

夢をみた。
理恵は海にいた。女神となって船団を導いていた。古代地中海フェニキアの白い船団。

フェニキアは「海の民」がカナンの地に興した古代国家。地理上、シリアの一部をなし、さらにパレスティナ、ヨルダン地峡、オロンテス川流域の平野部などにまたがる。この地の住民は古来混淆を極める。この状況は現代にいたっても特に変わるわけではない。常に謀略と離散《ディアスポラ》の地であった。この時代、「海の民」がエジプト王朝の支配に抗し、北部の勢力にも対抗しながらこの地に主権を確立し、植民、交易、航海によって地中海を彩った。交易は北アフリカ、イベリアを越えて、大西洋、アフリカ深部、紅海に及び、西アジアとアフリカの産物と奴隷を交易のおもな要素とした。

フェニキアの交易の西方の中心都市として紀元前八世紀頃に建設され五〇〇年以上にわたって栄えたカルタゴ。エジプトの文明の影響を強く受けながら、地中海を庭として交易と航海の術により地中海に、人類のもっとも輝かしい時代を演出したフェニキアを象徴する都市カルタゴ。そのカルタゴが、シチリアでの権益に端を発して戦を重ねたローマとの前一四六年の最終戦の末、今まさに猛火に包まれ崩れ落ちようとしている。

カルタゴ最後の一族が船団をなし、海へ逃れようとしていた。カルタゴの政治形態は大商人の門閥からなる元老組織による厳格な寡頭政治である。船上ではカルタゴを破滅から救おうと幾度となく元老組織に説得と哀願を重ねてきた軍閥マゴの一族と下級商人が身を寄せ合っていた。

マゴ軍の頭領の顔にはなぜか見覚えがあった。これは父ではないのか。

「私たちはどこに行けばいいんだ」

船上でおもだった人たちがため息をついた。

「西に向かいなさい」

マストの上で、理恵はささやいた。

「誰だ？　マストの上から声が聞こえたぞ」

「神だ！　神だ!!」

「西に行こう！」

赤銅色のカナン人の末裔たちは、カナンと地中海を後にして、過酷だが豊かな、母なるアトランティスが沈む、と伝えられる大西洋へと漕ぎ出していった。

ジブラルタル海峡を抜けるとき、仮面をつけたベネチアン・カーニバルのにぎやかな一行を乗せ、優雅なレース・ガラスで装飾された船が、外海から地中海に入ってくるのにすれ違った。カルタゴのずっとあと、海の覇者となるベネチア船団の登場である。

ジブラルタルは、いつも多くのものを排出し、多くのものを受け入れてきた。海峡を抜けて最初に出会うマデイラ諸島のある島で、一人の男がじっと西方を見つめていた。（コロンブスか）理恵はとっさにそう感じたが、その横顔は亮に似ているようでもあり、大山に似ているようでもあった。

嵐ではぐれた船団の一部は、西の大陸に流れ着いた。そこにはすでに、さらに西の海と北極圏を越えて北の大地から来た人々によって強力な文明が花開いていた。その文明に溶け込んだ幾世紀かのち彼らは、同じようにヨーロッパをあとにした「約束された白い人《コロンブス》」たちと邂逅することになる。

船団の多くは、アフリカ南端の喜望峰を回り、紅海に展開していた集団と合流してモンスーンのインド洋をさらに東へと進んだ。このとき季節風アズヤブに吹かれて、東から西にダウ船を操っていた船乗りたちは、荒れ狂う海と風をしずめながら東に向かって進む白い船団を目にした。この時期東に向かう船はいない。そのマストにフェニキアのしるしと強い光を見て、彼らは、それが神の船であることを知り、急いで道をあけた。理恵はその様子をマストの上からぼんやり眺めていた。

一部の船は、インドとスリランカで碇《いかり》を下ろした。大陸の南端では宙に浮いた奇怪な形の木造の乗り物が空中戦を繰り広げていた。ドラヴィダとアーリアの戦である。理恵はそれを眺めていた。それは、風をうまく使う乗り物が登場する『風の谷のナウシカ』のいくつかの場面を想起させた。

理恵たちの乗った残りの船はさらに東方に航海を続けた。東南アジア島嶼部ではモンスーンを利用して遠くアラブの帆船までもが行きかい、すでにあちらこちらに港市が成立していた。船には地中海では見られない多くの珍奇なものが積まれていた。イスラムの文物が氾濫するなか、東の海にヒンドゥーの神々が守る島がみえた。理恵は多くの帆船が行きかう様子をマストの上からぼんやり眺めていた。ときとして父と思しき頭領に指示を出すのを忘れなかった。

多くの船は、この地域で交易の帆船の中にまぎれてしまったが、理恵たちを含む二、三の船はさらにマレー半島を回って北上した。羅越《らえつ》、扶南《ふなん》やドンソン文化を基層に持つヴェトナムの都市を横目にしながら海南島、広州をかすめ、強烈な磁力を持つ「中華」の引力圏を巧みに避けつつ台湾海峡を静かに進み、やがて東シナ海に出た。途中、中国の海の覇者である鄭和《ていわ》の船団とすれ違ったが、船団はフェニキアの船に丁重に道を譲った。泉州で船が一艘ひそかに上陸した。このとき理恵はひとつ大きな伸びをした。土地の人たちは、その姿を記憶にとどめるため媽祖《まそ》の像を建てた。

理恵たちが乗船している最後の一艘は、東シナ海を北に航行を続けた。途中、東南アジアに向かうアイヌの交易船や琉球の船に出会った。

沖縄を抜けるとき、船上の人たちが「オナリ様だ」と騒いでいる方向に目をやると、一人の女性が、磯に突き出た岩の上で、一心に舞っていた。なぜか理恵はその女性に懐かしさを覚えた。そばで祖父母がにこやかに笑いかけている。女性の横顔に父の面影を見た。（この人は父さんの姉さんなのではないのか?）はっきりと集中できない意識のなかで理恵はそんなことを思った。

おなじころ、島のほうでも、船を指さして大騒ぎになっていた。白い光に包まれた船が沖からゆっくり近づいてくる。「ニライ・カナイの使者だ」人々はささやきあった。

船上でも、頭領が、島の岩上で舞う女性に目をやりながら、不思議そうにつぶやいていた。

「変だな。どうもあの顔には見覚えがあるような気がする」

屋久島を抜けるあたりで、暴風雨に巻き込まれた。激しい雨あらしのなかで、フィリピンの憑霊キリスト教団サマハンの一行が踊り狂っていた。北からは「アイゴー、アイゴー」の悲しげな声を背にした朝鮮半島のハルモニの一団が合流しようとしていた。東方の紀伊熊野から流れて来た補陀落の舟が一艘、嵐のなかできりきり舞いしながら沈もうとしていた。「この舟を助けてはいけない」理恵は、船が観音浄土の海に沈むのをながめていた。沈んでしまうのを見とどけて、静かに合掌した。

理恵は上空から風の様子を見ながら、船をたくみに豊後水道に導いた。そして自分の船を、島と陸の入り組んだ瀬戸内海へと進めた。豊後水道を過ぎたあたりから、一艘の小舟が理恵たちの船の案内に立った。船頭の顔を見ると亮のようでもあり、小谷のようにも思えた。

小舟に導かれるまま、もうすぐどこかに着くんだと終わりの予感を抱きながら、航海を続けた。岸辺をよく見ると、あちこちの浦に、理恵が南洋で目にしてきた船たちがひっそりと停泊していた。(ここはエーゲ海に似ている)理恵はそう思った。船はとうとう直島の近く現在の玉野の沖合いに碇を下ろした。

夢から覚めた理恵は、病室の窓のかなたにフェニキアのしるしを掲げたその船を目にした気がした。

しばらくして、理恵はもう一度まどろんだ。夢のつづきだったのかもしれない。航海のあと大海原に抱かれるような、いつになく心地よくゆったりした眠りのなかで、理恵は佳代の声を耳にした。

「この子はあなたそっくりね」

佳代と父が幸せそうに微笑《ほほえ》みながら、佳代が抱く小さな理恵をみつめている。

「母さん」

甘美な感情に揺り起こされるように叫びながら飛び起きた理恵の眼が、病院の門を出ていく佳代のうしろ姿をとらえた気がした。

理恵の船出

理恵は、しばらく、何日か、夢の余韻に浸った。そして、病院のベッドに横たわりながら、ふたつの決心をした。というか、ふたつの点で、心の整理がついた。

ひとつは、母親の佳代への思いである。理恵は見舞いに来た光一に、新垣の素性についてただした。知らないが、理恵が家を出たあと頻繁にうちに出入りするようになった。自分もいつまでもうちにいる気がしない、という。

（私はやはりあそこにはいられない）

もうひとつは、麻衣や亮とのことである。

さっそく麻衣に連絡して、こちらに来てからの顛末を、夢も含めて、詳しく話した。そのうえで、「同居しよう」という麻衣の申し出に乗ってもよいか、確認を求めた。理恵にとって、麻衣と自分がともに存在する光景は最も強い現実の光を放っている。

「もちろんよ」

麻衣の答えは力強く、明快だった。早速その方向で住居をさがしてみるという。話は決まった。

理恵は新しい麻衣との生活に思いをはせた。

そして、父方の起源を探ってみたい欲求が強くなるのを感じた。「私はいったい何者なのだ」

――地中海サークルは、この問いに、何らかの答えを与えてくれそうな気がした。

この話はさらに進展した。玉野の病院を退院する日に、麻衣から連絡があり、思いがけない案が提示されていた。「亮も一緒に暮らしたいと言っているが、それでいいか」と言うのだ。「いいよ」自分に考える暇を与えず、理恵は即答した。何かに導かれるように。

同時に、いつかの病院近くのホテルでの亮の姿がよみがえった。亮は何かを語りたかったのだろう。それをいつかよく聴いてみよう。

麻衣の話では、三つの部屋とダイニングのある家を共同で借りようとのことだった。いわゆるシェアハウスである。二階にふたつ部屋があり、それを理恵と麻衣が使うことになるという。下が亮である。

「どんな具合になるのかしら?」

理恵は麻衣にというより、自問するような調子で言葉を継いだ。

「そんなの私にもわからないわよ」

「亮は大丈夫かしら?」

「ああ、あの人、ぜんぜんダメなのよ。大丈夫、大丈夫」

と麻衣。

「いや、そうじゃなくて、亮が壊れてしまわないか、心配、という意味なんだけど」

この言葉は飲み込んで、「わかったわ」、とだけ返答した。麻衣はもう一度、「OKね」という確認だけとって電話を切った。

夢の意味

病院に帰ってくると、理恵は麻衣たちとの同居に向けて、さっそく行動を起こした。まず、小谷に、「近く退院したい」と告げた。小谷は「よく話してからにしよう」と即答は避けたが、理恵にも、基本的に退院の日は近いという感じが伝わってきた。

理恵は、小谷に故郷での出来事について詳しく報告した。夢の内容も話した。現実にあったかのように、それらの光景をよく覚えていた。小谷は、ときどき簡単な質問を交えて、うなずきながら、じっと聞いていた。

「おもしろい夢だね。夢のなかで自分のルーツを体験したのかもしれないね」

「そうなんです。それと不思議だったのが、絶対見ているはずのない風景なのに、なぜか前に見たことがあるな、漠然と覚えているなという思いの連続だったんです」

「理恵さんの旅路は、もっと大きな世界の物語とも相応しているんだよ」

理恵は、小谷がまた妙な話をはじめた、と思いながら聞いていた。しかし、考えてみると、小谷の説明以外に、自分が夢で味わった不思議な郷愁を理解しにくいのも事実だった。

(私はいつかどこかであの光景を目にしたことがある)

それに理恵は夢で、小谷や由美や亮に出会ったような気がしてならなかった。「自分はいったい何者なのか」――この答にたどりつくためにも、これから先、やはり自分は麻衣や亮と一緒に歩いていかなければならない、あるいは由美とも。理恵はその思いを強くした。

小谷は、詳しく理恵の夢のメモを取りながら、（外泊はやはり危なかったが、結果オーライ。よく大山と話してみなくては）と内心小躍りしていた。

小谷の夢

小谷も最近よく海の夢を見る。

彼の前に海が広がっていた。彼はアラブ最強の海の民カワーシム一族の頭領としてペルシャ湾のラス・アル・ハイマの砦にいた。東インド会社の意を受けたイギリス海軍との交戦に備えて、軍資金の調達に頭を痛めていた。

彼のもとに、ペルシャ湾からアラビア海への出口であるホルムズ海峡で見張りに当たっていた船から連絡が入った。「高価な荷物を積んでいると思われる船団が、オマーン湾の沖を東に向かっている」「東に？」小谷の脳裏を不吉な影がよぎった。（このモンスーンの季節、東に向かう船はいないだろう）状況を確認するために彼はオマーン湾に出向いた。

はるか沖を白い船団が進んでいる。彼は望遠鏡をかざした。はやる射撃手は弾を詰めて砲撃準備をはじめた。彼は船団にフェニキアのしるしをみとめた。「ダメだ。あの船はダメだ。早く砲弾をすべて抜き取れ」「なぜです？」。怪訝そうな顔を向ける乗組員たちを小谷は恐怖に満ちた顔で一喝した。「黄泉《よみ》の艦隊に弓や弾は通じない。祈れ。必死になって祈れ。まだ間に合う」小谷の船団はたちまちコーランの祈りに包まれた。

その脇をすり抜けて、別の部族の船団が砲撃をしかけながら白い船団に近づいていったが、弾は届かず、海に引き込まれるように次々に沈んでいった。小谷の船団の一同は、それを恐怖のうちに見届けた。白い船団は東へと去っていった。旗艦と思われる船のマストの上にふっと理恵の気配を感じた。

夢とトランス

小谷は、イスラム的な由美の夢、海を渡る理恵の夢、自分が繰り返し見る夢について大山に相談した。その意味について何かヒントが得られないかという期待があった。しかし、話はいつものように漂流を始める。


「イスラムですか?」

「そうなんだ。なぜかイスラムだった」

「先生の焦りというか緊張感が反映されたんですかね」

「どういうことだ」

「ごくステレオタイプの説明をすると、イスラムはご存知の通り絶対唯一神を抱く偶像否定の宗教です」

「そりゃそうだよね。それで？」

「偶像があれば、人は安心してその像を拝めばいいんです。つまりあまり知的な作業を要求されない。自由に像を見つめたり、目を閉じて像を視界からシャットアウトしたりしながら祈ることができます。寄りかかるものがあるので、すごく安心感がある。でも、偶像がない祈りでは、人は極度に知的な緊張感を要求されるのです。しかも、アラーは典型的な懲罰神ですからね。緊張感をともなうトランス状態を現出します。トランスは意識レベルでいえば夢に近いですからね。苦しくうなされながら人はいろんなものを目にします」

　小谷は、自分が言いたいことからずれていく予感がして「まずいな」と思いつつ、しばらく大山のペースに付き合うことにした。しばしば大山の知識に翻弄されて、話がとんでもないところに流れ着いてしまうのだが。

「なるほど。じゃあ、偶像崇拝の多神教はその対角にあるわけだな」

「その通りです。何にでも神がいる。それを祈ればよいという宗教は、とても心地よいトランスを与えてくれます。知的作業を要求されない抱かれるトランスですね」

「じゃあ、禅はどうなんだ。あれも偶像は拝まないし、厳しいぞ」

「たしかにね。でも、どうなんでしょう。苦痛や厳しい抑圧の中で求道するときのトランスというのは、禅つまり仏教もヒンドゥーもキリストもイスラムも同じかもしれませんね」

「環境も関係ありそうだね」

「そうです。砂漠にはやはりイスラムが似合う気がします。原始キリスト教やユダヤ教も同じですね。砂漠では、予兆に従わないものには必ず死が訪れる。人間が自然をまだそれほどコントロールできなかった超古代の絶対神の名残をよくとどめているといえるかもしれません。だからとても厳しい戒律がよく似合います。コーランはそういう意味では最も厳しく美しい宗教書ですね」

「たしかに砂漠で流れるコーランは美しいな。砂漠に立ってみると、ユダヤにしてもイスラムにしても、なぜここに知を持つ人間が存在できるのか、とても不思議な気がしてくる。やはり神がお造りになった創造物ではないかと、たしかにそんな気がしてくる。でも考えてみると、イスラムは海と半島と島の地域、東南アジアでも盛んだぞ。海の交流も盛んだ。あれはどうなるんだ。なぜあそこにイスラムが栄える?」

「あれは生活圏の拡大にともなうことでしょうね。やや事情が違いますね。経済圏の移動という意味からすれば、普遍的な動きではありますけど。あの地域のイスラムはインド・パキスタンから伝わりました。いわば辺境のイスラムです。辺境の教えはいつも熱いものを宿しています。生活のにおいを感じさせます。イスラムは西に勃興して、もともと仏教とヒンドゥー教が根を下ろしていた地域に攻め込みました。そして、インドでは北部でごくわずかしかうまくいかなかった支配者層への食い込みに、東南アジアの島国では成功したのです。それと戒律の厳しさが、堕落した都会生活に批判的な『農村の覚醒者』たちに受け入れられる要素になります。インドネシアではそれほど機能しませんでしたが、マレーシアでは政治的規範としてもかなり機能しました。東南アジアでは、イスラムはパターナリズムとしての役割を負ったのです」

「なるほど。イスラムは宗教として比較的若いだけに攻めの面もたくさん持っているのかもしれないね。日本伝来のころの仏教もそんなムードを持っていたろうからね」

「そうですね。大仏殿を建立するエネルギーや空海の活躍などはそんなとらえかたができるでしょう。新しいものが持つエネルギーと、新しいものと古いものとの間で繰り広げられる陰湿な闘争のにおいがしないでもありません。日本で言えば、今では私たちの生活の中で融合してしまっている神道と仏教の関係にはそんな面がありそうですね。必ずその背中に政治と生活が乗ってきますからね。世界各地を見ても、キリスト教と何かが融合していたり、イスラム教と何かが融合したりという図式はちっともめずらしくありません」

「たしかにね。イスラムと逆に、あまりにも大地に根を下ろして『攻め』とは無縁そうなのがヒンドゥーだろうか？」

「歴史の長さの違いかもしれません。ヒンドゥーそのものは実はそれほど古くはないんですけどね」

「そうなのか？　なにか古そうだけどな」

「中央アジアのどこかにいたアーリアの祖先が北インドのパンジャブに進入をはじめたのは紀元前一五〇〇年ごろから数百年の間だといわれますから、そのころから数えるとたしかにかなり古いです。それからしばらくはドラヴィダ文化の主たちやもっと古い部族と激しい闘争を繰り返したはずです。インド、ペルシャ、ギリシャなどに侵入して文化を創り上げた人たちは、すべて祖先は同じアーリアだろうということになっています」

「すごいな」

「たしかにね。そして彼らは『知識』を規定する宗教的文献群であるヴェーダを掲げるバラモン教を興しました。これは多神教というか、マックス・ミューラーなどによると単一神を仰ぐのだけどその単一の神が次々交替してしまうらしい。その意味で交替宗教と呼ばれたりするようです。神と人間との間にギブ・アンド・テイクがあり、役に立つ神がえらくなったり、なかなかおもしろいですね」

「まあ、ご利益がないと拝んでもつまらないものな」

小谷は話を切り替えるタイミングを探りながら言葉を継いだ。

「それがヴェーダも後期になって紀元前一〇〇〇年紀には哲学体系であるウパニシャッドが成立し、社会が整備されてくるにしたがって、いわゆるカースト制度が確立してきます。カーストの区別は本来アーリア・非アーリアの色の濃さに由来する面があります」

「そうなのか。アーリアって案外厳しいんだな。カーストって結局ギリシャの市民—奴隷の制度に似ていないか?」

「その通りだろうと思います。ウパニシャッドは『知』を対話形式で追い求める形を取っていますから、これもギリシャ的ですね。そのため最上層に『知』を探求する集団が形成されているし、ますますギリシャに似ていますね」

「お前さんのような人種の誕生だね」

「そうでしょうか。今の世の中ではまったく報われませんね。患者として病院にいるか、そうでなければ大学くらいしか居場所がありませんからね。大学でも居心地が悪くなって、大学から路上に居場所を移している人はたくさんいます」

「そりゃあそうだろ。そんなのんきなことで食っていけるなんて、それこそナンセンスだ」

「そう言われちゃうとおしまいですね。まあ、いいですよ。この知を重んじる発想がインドに自由思想家層を生む土壌をつくり、『柔軟などこにでもいる神々』の権威を引き下げることになり、探求者である悟り人『仏陀』が仏教を誕生させる素地ができてくるわけです」

「すごいな」

「ただ、その後インド社会そのものはマヌ法典などを中心にヒンドゥー文化を軸にした集権体制に移ります。仏教は北部のチベットや東南アジアにその中心を移します。このころ『マハーバーラタ』や『ラーマーヤナ』も成立していますね」

「ヒンドゥー社会の基盤整備ができたわけだな」

「そうです。カーストが確立されたころのヒンドゥーは相当戦闘的だったろうなと思いますよ。その後もヒンドゥーにシャンカラという思想界のスターが出現する一方、カーストに関係なく熱烈な帰依の心があれば救われると説くバクティ運動の勢いが強くなったり、イスラムが侵入してきたり。そうこうしているとイギリスなどヨーロッパ人が入ってきたりして、とにかく落ち着かないですね。古くからそんなことばかりやっています。たぶん、アトランティスやムー大陸と同じころに存在したという大セイロン島がインド洋の沖に浮かんでいた時代から混淆を極めていたんでしょうね」

「なんだ、その大セイロン島というのは？」

「まあ、話がややこしくなるからやめましょう。とにかくムー大陸からやってきたといわれるマヤ人たちが空飛ぶ船を使って戦争している神話の時代から国内はまとまりません。中がまとまらないから外を攻めることはしませんけどね。ね、インドが隣国と争うことはあっても、大きく外に遠征したということはないでしょ？　不思議な磁力があるんだけど、まったくまとまらないんですよ。今でも何でもありの始原的混沌状態のままといえなくもないですね。本当に何でもありです。深く古い森を思わせますね」

「そうだね。森は本来そういうところなんじゃないのか。攻めることはしないけど、何でもある。それにいつも始原的な混沌状態だ。いろんなものが腐り絡まり溶け合ってできている」

「そうですね。それが土になり、さらに多くの年月を経て岩になる」

女神たち

「ところで理恵や私の夢の話だけど」

「ああ、そうでしたね」

小谷はやっと大山の講義を切ることができた。

「理恵さんはすごいですね。船も沈めるし、天地も操る。最強の女神ですね。けっこう魔に近いところで動いてもいるし」

亮から、シャーマンの家系という理恵の出自について聞いていたので、大山は強くうなずいた。

「そうなんだよ。まさに最強の女神の物語なんだ。彼女はマリア的なのか？」

「マリアではないでしょうね。マリアは人間的な湿っぽさを持っているし、自分と引き換えに大衆を救うんです。マリアの奇跡は慈悲でしか現れない。夢の理恵さんは、もう少し魔の面を備えたあらぶる女神ですね」

「というと？」

「魔にも近いという意味では、ヒンドゥーのドゥルガーでしょうか。とても恐いところがあります」

「由美はどうだろう。由美はずっと以前から繰り返し見ている夢の中で理恵の乗った船に出会っている。何かを予知しているんだよ。それに由美にもとても恐いところがある」

小谷は大山に、由美とA医師との話を聞かせた。

「前の病院でも拓也君のようなことがあったわけですね。しかも先生と」

「拓也とはやはり直接的には何もなかったのかもしれない。A先生とはわからないけどね。それにしても、治療の進め方や手際などから洞察してみると、相当経験のある先生のように思えるんだけどね。なんというか、喰われちゃってるんだよ」

「恐いですね」

「前にも話したように、年季の入った拒食症《アノレキシア》は、マリア的な湿っぽさからどんどん遠ざかって、中性的になっていくんだけど、縮んで干からびてしまった性衝動が時として爆発的な形で噴出する。人間のなかで、リビドーそのものがなくなることはないからね。縮むと爆発的なはじけ方をしやすいんだ。ちょろちょろいつも出てると、白根ばあさんのようなかわいい感じになる」

「なるほどね。言ってみれば、その生贄《いけにえ》になったのが、拓也君だったり、A先生だったりするわけですね」

「ところで由美を神にたとえると、どんなのがあてはまるのかな？　なんとなく砂漠っぽいんだけど」

「ヒンドゥーにはたくさんいそうですね。たとえば首をたくさんつないだ長い首飾りをしているカーリーとか」

由美の一族

「ただ……」

「ただ？」

「先日、先生から、由美さんの家系について聞いたとき、ピンと来たんですが。そうです、あのとき少しお話したと思うんですが」

「何を。シャーマンだという話か？」

「そうです。それに関して、昔、芥子の栽培などもやってたようだという話です」

「そうだったね」

「じつは、今も一族はそれに絡んでいるんじゃないかと」

「はっきりしてるのか？」

「かなりヤバい話だね。でも、たしかに由美の母親には、それをやってた時期があるんじゃないか、と疑いたくなる気はするね」

「ひとつはっきりしてるのは、由美さんのおじいさんは、平吉といいましたか、戦時中、満洲から上海を経由して帰ってきてるんですが、どうも『宏済善堂』の里見甫《はじめ》とかかわってたんじゃないかと」

「例のアヘンを扱った機関のか？」

「そうです。機関というか、民間商社のようなもので、しかも、里見との関係もはっきりはしなかったから、戦後それほど追及は受けなかったようですけど。軍部が祖父の素性を知っていて近づいたのか、祖父が自分で近づいたのかはともかくとして、薬にまつわるノウハウは確実に持っていたでしょうね」

「なるほど」

「ですから、由美さんまでそのことが続いているかどうかは知りませんが、由美さんの様子を聞いていると、一応お話ししておいたほうがよいかと思ったものですから」

「そんなものとかかわりがあるんじゃ大変だな」

　小谷は、また複雑な心境に陥った。

亮の訪問

理恵が外泊している間に、亮がこっそり病院を訪ねてきていた。大山に「一度ゆっくりおいで」と誘われていたのだ。

部屋にはいると、大山が口を開いた。

「君は『大きな力』に興味はないかい？」

何が語られるのかと、亮は大山の言葉を待った。

「私は別に超能力や超常現象について話そうとしているのじゃないんだよ。まあ、そう呼ばれているもののいくらかは、これからの話に関係はあるかもしれないけどね。それに、君を洗脳して金もうけしたいわけでもないから、安心して。私はいろんな本を読みながら、古代の人たちはどんな生活をしていて、どんな力を持っていたのかなと考えることがあるんだよ。君はそんなことを考えることはないかい？」

「よく考えます。またそのことを考えるのは好きです」

「よかった。小谷先生は、案外モダニストだからな。近代から現代への道筋に、私よりはずっと肯定的だし、近代の装置というか置き土産に多くの信頼を寄せている。だから、私がこんな話を始めると、すぐ『またか』という顔をする」

「そのようですね」

「まあ、それもわからなくはない。でも私には、現代人は、近代のあおりを食って劣化した袋小路に突き進む文化のなかで、右往左往しながらもがいているように思えて仕方がないんだよ」

「たしかにそんな感じもしますね」

「遠い昔がどうだったかを想像しようと思えば、古いものが色濃く残っている世界の有様を観察すれば、ある程度想像がつく」

大山独特の言い回しに亮の期待が膨らんだ。

「どこを観察すればいいんですか？」

亮は調子を合わせているだけではない興味を示しはじめた。

「インドだよ」

「インドですか？　ほかのところではダメなのですか？」

「もちろんエジプトやチグリス・ユーフラテスやユカタンなどにも古いものが残っているけど、社会がそれにつながっていない。本当に痕跡しかない。残された石ころをみていても、なぜこんなものがあるんだと唖然とするだけで、そこから何かの意味を読み取るのは難しい。そういう意味では、地中海は中東やエジプトを介してぎりぎり現在の欧米と過去の古代世界がつながっていなくはないけど、やはりちょっと難しい。色濃く混在しているのはやはりインドだね。よく見れば見るほど世界中のいろんなものが溶け合っている」

「たしかに。では、インドのどこを見るのですか？」

「真ん中をみていてもよくわからない。周縁を見るのさ。例えばインドの南端。あの辺りには未だに巨石文化の様相が残っている。ドラヴィダ文化だね。巨石文化は多くの古代文化に共通したものだからね。ただ、想像力がないと何もつながらない。いや、別に難しいことを考えているわけじゃない。そこに残っている石が語り、人々が伝承する物語に思いをはせてみるのさ。ドラヴィダは、たぶんアーリアにインドにおける主権を奪われた側だ。それを、主流になっている側のもつ物語とつき合わせてみるのさ」

「ラーマーヤナとかマハーバーラタですか?」

「そう。あれはどう見ても文明あるいは民族同士の戦いの記録だからね。しかも物語のモチーフは大体似ている。日本の記紀神話も同じだよ。まあ、それはいいとして、たとえばラーマーヤナ。あの中には、空を飛ぶ機械が頻繁に出てくるだろ。ごく当たり前のように。だから、やはりあの時代には空を飛ぶ機械があったのではないかと考えてみるんだよ」

「ちょっとむずかしくないですか?」

「動力を思いつかなければ、あんなことありえないよね。でも、よく考えてみると、それはあったのではないかと思うんだ」

「それは?」

「地下から噴き出すガスだよ。これをうまくコントロールする方法があったんじゃないかと。つまり気流が今よりずっと濃密だったんじゃないかな」

「地下のガスですか?」

「ジェームズ・チャーチワードという人を知ってるかい?」

「どこかで聞いたことがありますね」

「十九世紀から二十世紀にかけてムー大陸やアトランティスに関する研究書を書いた人だよ。それにアトランティスの方は、プラトンが『一晩にして沈んだ』と記載しているので、かなり頭の固い人でも、無視しにくい」

「でも、大陸が一晩で沈むなんてことが、本当にありえるんでしょうか？」

「あると仮定すると、どんなことがありえるのか、ありとあらゆる可能性を探ってみるんだよ」

「可能性はあるんでしょうか？」

「大陸が巨大なガス層の上に乗っていたとすればありえる。例えば巨大な隕石の衝突時にガスが地中に封じ込められたと考えると、その上に乗っかっていたのさ」

「ああ、なるほど。でも、かなりすごい発想ですね」

「この地下のガスを今の石油を使うようにうまく使っていたのかもしれない。でも、あるときそれが一気に地表に噴出して大陸は沈んだ。どうだい？」

「ありえるような気がしてきました」

「だろ。いいかい。偶然でも何でも、その世界が手にした動力が存在すればいい。今の石油なんていうのも、偶然の産物だけれど、その上に文化を大きく展開できる。そして、それが枯渇してしまうと、文化は勢いを失って劣化する。動力がガスだったとすると、今と違った力学で空が飛べてもおかしくないし、ある日突然すべてが終わってしまったとしても、ぜんぜんおかしくない」

「その通りですね」

「そうだ。そしてここで言いたいのは、別に古代世界のすごさを怪奇物語的に強調したいのではなくて、当然そんな濃い密度を持った世界に暮らした人たちは、濃い社会を持ち、強い精神世界を持っていただろう、ということだよ。君はシュタイナーを知ってるかい？」

「ええ。人智学とか教育論とかいくつか読んでいます」

「彼が、プラトンの言葉を引用する形で、アーリア人に代表される現代人とアトランティスの人たちの意識世界の違いを語っている。プラトンの時代にはまだあちこちに、アトランティス人の末裔といえる人たちは、劣化しない形でかなりの集団で残っていたんだろうから、想像ではなく観察できただろうと思うね。カナン人などはそうじゃなかったのかな。現代では、メキシコのラカンドン族などがそれに近いんだろうか。ちなみにラカンドンは日本古代の天孫族と同系列だという話もあるね」

「とても興味深いですね。意識のあり方なんかも今とかなり違っていたんでしょうか？」

「そのようだね。アーリア人の特徴は論理によって思考する力にある。それに対してアトランティス人は記憶力が重んじられたらしい。ドラヴィダはアトランティス人なのかもしれない。現代人は概念を立ち上げて考えるけど、彼らは形象《イメージ》によって判断を下した。それまでの経験のなかで、それによく似た形象をできるだけ数多く思いだしながら、その意味を考えた。つまり右脳と記憶がもっと強く結びついていたんじゃないかな。君は二分心という言葉を知ってるかい？」

「いいえ」

二分心

「ジュリアン・ジェインズという人が古代世界の人の脳機能について語っているものだよ。もっと右脳が強くて、左脳のウエルニッケ野と対の右脳部分に現代人では退化してしまった受信と解析の装置を備えていたのではないかというんだよ」

「どういうことです？」

「ジェインズは、空中を流れている信号なども想定しているようだけど。たとえば、星座の動きの高度な分析とか、体のそれぞれの細胞が発する信号を集積して分析するとかね。左脳の言語的なシンボル作業に頼らない、もっと形象から直接与えられる情報によって行動が規定されるような構造かな。そんなことをさしているように思う」

「それを意識構造にあてはめてみると、どうなるんでしょうか？」

「自我意識が貧弱で、勘が鋭いとか、予兆を重んじる傾向が出るかな。つまりシャーマンの温和なタイプになる」

「現代人も見習ったほうがいいんでしょうか？」

「そう考える人たちも多いようだね。でも、むずかしいだろうな。アーリアの特質にそぐわない。つまり自己の概念に、どうしても拮抗する面が大きくなってしまうんだ」

「そうでしょうか？」

「シュタイナーがその生理学論考のなかでおもしろいことを言っている。それは次のようなことだ。人間に限らず動物は、内的に自己を映し出すことをしない限り、植物存在を超えているとはいえない。この内的体験は、排出過程によって生じる。動物はすべて自律神経系とリンパ管との相互作用によって自分の内部に暗い意識を作り出している。この暗い意識がひょっとしたら二分心の正体かもしれない。人間は、外界の抵抗を感じることによって、はじめて暗い意識を超える自我意識を発達させることができる。自我は、話し言葉や書き言葉を通して外に開かれ、外界の抵抗を感じて、自我をみがく。つまり言語を通して、より複雑な通信を達成させたことによって、人間はほかの動物が持ち得なかった文化を作り上げることができた。でも、それ以外の面ではそれほどほかの動物と変わるわけじゃない。養分なんてものは大気と水から生まれるわけだよ。つまり栄養素は宇宙につながっているのさ。宇宙の流れが消化管や感覚器を通して人間の体内に流れ込む。でも、流れにそって、予兆に従って動いているだけじゃ、自我は絶対に生まれないんだよ。排除し、抵抗しないとね」

「自我に目覚めた近代の宿命ですね」

「西欧をふくめて社会は、それまではじつにたくみに宇宙の流れにあたるものを神におきかえていたんだけど、近代はそこに切り込んだ。神はいない、とね。まさに宿命だね。近代が劣化して終わるまで、この強い自我を求める流れは変わらない。またその流れは、とても危険でもあるしね。近代つまり現代が終わるのを早めるかもしれない。でも、私たちが生きている今の時代のキーワードは、間違いなく自我だ」

「まずいですね。なんとかならないんでしょうか？　これって地中海クラブの重要なテーマの一つになりそうですね」

「多くの人が何とかしようとしているよ。でも宇宙の流れに沿うだけではないことを『はじめている』としたら、はじまったものは必ずいつか終わるよ。もちろん人間の自我が終わることも組み込んで、宇宙の流れは続いていくわけだけどね。人間の自我の劣化した残骸は残るだろうけど。大昔の粘土板のように。メモリー・チップか何かにね」

小谷のスタイル

「小谷先生はその辺りはどう考えているんでしょう？」

「彼は、基本的には近代のシステムの信奉者だよ。というか、近代から続く現代のなかでしか生きていけないという当たり前のことをよく知っている。でも、いろんなものを深く疑っている。そして、彼自身のなかに深い闇を持っている。深く暗い意識をね。彼個人として。そのことについては、いまのところ私にも語ってくれないけどね。いずれにしても彼は、医者としての自分をわきまえている。『世界と反世界』という本を引用しながらこんなことを言っていた。


――医療の行為は「ヘルメスの洞穴」を想起させる。

人間の存在は常に、生の構図を地盤としてのみ可能である。この構図のうちに、根源的なものと生の意味が充満する。人間は、自分の生の地盤と根本的な姿かたちを自身から編み出すことはできない。何かから授けられ、幸運にも発見することによって、それを受け取らねばならない。そこに人間は神を見出す。いや、神と呼びたくなければ、呼ばなくてよい。しかし要するに、神的な何かからである。そして、そこには、神と人間の間を越えて移動する存在が必要である。

神々の使者ヘルメスはゼウスと妖精マイアの子として洞穴で生まれた。ヘルメスは人間たちにその運命を通して連れ添い、味方するという。境界を越えて移動するもの、あるときには奪うもの、またあるときには見つけることを手伝うものとなる。したがって彼は、洞穴のうちに存在しなければならない。そこから歩み出るもの、あるいは歩み入るものとして。

私は支配者とはならない。そして医術を施すものが、ヘルメスの似姿を持つのであれば、その術者は神とも支配者とも僕《しもべ》ともならない。

彼なりの医療論だ。医者のあるべき姿を語っている。いくら近代技術で身を固めても、人の体に技をなす医者は、やはりシャーマンだ」

「もうひとつピンとこないんですが、わかりやすく言うとどうなります?」

「要するに、医者は患者さんの御用聞きに徹して、あまり主義主張を振り回すな、ということだね」

「なるほどね。そう言われればわかりやすいですね。小谷先生のやり方を見てると何となくわかる気もします。あまりにも柔軟すぎるようにも思えますけどね」

「そして、暗い意識のもっとも深いところに降りることのできる摂食障害の人たちに、深い畏怖の念を抱いているようだ。あの人たちから何かを読み取ろうとしている。でも、もう少し深い感情が彼を動かしているようにも思える。もう少し個人的な何かだ。他にもいろんなことを言うし、本当はどう思っているのか、私にもよくわからない」

「その辺りはやはりすごく興味がありますね」

「いずれにしても、感覚は鋭いし、医者のなかでは、ずいぶんましなほうだと思う。実際には、目の前の患者を何とかしようとして、現実的な考え方もするしね。宗教者然としているわけではない。信頼はおけるよ」

「大山さんは小谷先生にかなり信頼を置いているんですね」

「まあ、そういうことになるかな」

あるべき姿と確かなもの

「小谷先生は、医療者としてのあるべき姿を模索しているわけですね」

「まあ、言ってみればそうだろうね」

「でも、今の世のなかに、職業にしても何にしても、あるべき姿とか確かなものなんてあるんでしょうか？　その辺りはとてもわかりにくくなっていると思うんです」

「そうだね。でも、逆に確かなものがあった時代なんてあったのかい？　それほど安定している感覚がなくても、大多数の人がそれなりに食えていた時代が、そう呼ばれる資格があるのかなと思うけど」

「まあ、そう言われればそうですよね。あるべき姿などと言うとまたイメージが違いますしね」

「そうだね。あるべき姿と言うと、『イデア』、プラトンの世界観になっちゃうもんね」

「そうですね。ところであるべき姿とは少し意味が違うけど、ゆるぎないものにも、私たちは大きな安心感を抱きますね」

「まあ、たしかにそうだな」

「ゆるぎなさを感じさせる時代というと、どうなりますか?」

「ローマか、もう少し下ってエジプトだろう。その前はよくわからない。それこそインド洋の古大陸の世界になってしまう」

「ローマにしても、かなり揺れながら、大きくなったり小さくなったり分裂したりしてますもんね。でも、直接現代につながってるのは、ローマしかないわけですけど」

「難しいな。ゆるぎないということなら、やはりエジプトだろうよ。体制が崩壊したり、絶えず表面的なさざ波は立っているけどね。仮に超古代の世界というか社会があったとしても、エジプトは見事にその構造を踏襲しているんじゃないかな。ゆるぎない構造だよ。だから、それ以前の文明社会の構造をかんぐるのはあまり意味がないように思う」

「それはどうでしょう。エジプトについては昨今の世情を見ているとどうも同調しかねる気もします」

「文明史的にみて、西アジアが都市文明の源流といわれたりするけど、どうも断裂が大きすぎるというか、唐突な感じがするんだよね。あの辺りの文明はやはりもっと大きな何かの模型だ」

「たしかにそうですね。どこかにもっと数千年単位で培われた文明があってその辺境として現在知られている源流とされる文明があって、もとの中心地が沈んでしまって、今は謎の痕跡しか残ってないとか」

「まあ、そういう話はおもしろいけど、現実的にはどうにもたしかめようがないからな。その踏襲されたに違いない構造にはやはり興味を覚えるけどね。それと、古代に限らずだけど、どの時代にも物事の陰と陽はいつも形成されているんだ。これは大事だ」

「そうでしょうね。陽が強くなるにしたがって陰も強くなる。これは道理です」

「そうだ。政治でも芸術でもね。どんどん強引に完璧を目指して創り上げていくハイ・アートが陽だ。陰は、そこにあるものを使って表現するというヴァナキュラーな芸術というか技術かな。ヴァナキュラーはとてもおもしろいけど、やはり陽がないと物事はまとまらないしね。その構造はどの時代でもそれほど変わらないだろうね。いつの時代でも、ハイ・アートに憧れる人は絶対的な神や王のいた世界を懐かしんでいる。そして、当然ハイな情動をともなう快楽につながる」

「陽のトランスですね。イデアの話にも似てますかね？」

「まあ、それはさておいて、ギリシャ神話の時代には世界七大不思議とかいって、見物にたくさん人が行き来していたんだろ。たしかにとてつもない力が存在していたんだよ。ピラミッドや空中庭園なんて今の時代にできるはずがないものな」

「そんなことはないでしょ。やろうと思えばやれるでしょう」

「技術的なことじゃない。政治や経済構造などアポリアのなかでそれは許されなくなっているってことだよ。それをやっても絶対文句を言われない王がどこにもいないからね」

「なるほど。でも宇宙探検なんかそれに近いんじゃないですか?」

「まあ、それもいえるね。個人的な王権ではなくて、科学という仮想の王権が絶対的な力を持っている時代なのかもしれない。遺伝子に対する視線もそれに近いな。完全な生命への幻想だよ」

「なるほど。仮にですが、王がいるとどうなるでしょう?」

「社会全般のことはとても想像できないね。でも、医学的に考えると神話の世界に近くなってくるだろうね」

「どういうことですか?」

「異種交配と臓器移植とクローンに関することに、ほとんどの絶対的な力を持つ王は興味を示すはずだ」

「それが進むとどうなります?」

「そうだね。さしあたりケンタウロスのような人馬《ヒトウマ》がそのあたりをパカパカ歩き出すようになる。それに派生する出来事を、神話物語を参考にして想像してみるといい」

「なるほど」

「現代の世界ではそれを簡単に許さない抑制因子がたくさんあるから、なかなかそうはならないだろうけど、莫大な金が使われれば、この方面のいろんな偶然が世に放たれる機会も多くなる。

そこにあるものを使って表現するという感覚にもとづく芸術というか技術は、今のほうが優れているのかもしれないからね」

「こわいですね」

「あとで考えてみると『あれは大きかったな』と思える技術的医学的発明は多いことだろうと思うよ」

「なるほど」

「どうも、亮君と話していると、小谷先生と話しているのと同じ調子になるね」

「そうでしょうか」

亮はまんざらでもなさそうな笑顔を浮かべた。

地中海と大山教団

「ところで、大山さん、地中海クラブの顧問になっていただけませんか？」

「私が？」

「そうです。ぜひ」

「考えてみてもいいけど。小谷先生からはいつも『ちゃんと働いたほうがいいんじゃないのか』と言われるしね」

「大山さんのような存在はいつの時代にも必要です」

「そうだろうか。でも、地中海はおもしろいね。フェニキアなど地中海時代はね、超古代と私たちの現代につながる古代世界が共存した、もっとも多くの選択肢と可能性がある時代だった。もちろん今でも西欧社会の基層をなしているしね。それにイメージしてごらん。地中海ってね、ジブラルタル海峡を肛門や女性性器に見立てると、すべてを生み出す子宮とかすべてを吸収し尽くし宇宙の流れにつながる消化管に見えるんだよ。文字通りヨーロッパの母胎といえる。そしてカナンやパレスチナ、イスラエルはその最奥にあたるわけだ」

「なるほど、そうですね。でも、そうなると地中海のさらに奥にある黒海が子宮の本体つまり母胎ということになりませんか?」

「その通りだよ。あのあたりには超古代の陰が色濃く残っている」

「それはそうと、地中海クラブの顧問になって、私たちと一緒に動いていただけますか?」

「そうだね。そのことで、じつはこっちからも相談があるんだ。一度ゆっくり来るように誘ったのは、そのことなんだけどね」

「ええ、なんでしょう」

亮の目が輝いた。

「亮くんは、由美さんの出自というか家系について、小谷先生か理恵さんから何か聞いてるかい?」

「いいえ、何も。ああ、父方の里が大山のふもとにあるというのは聞きました」

「それ、それ。由美さんの父方の家系は、あのあたりに昔から住みついているシャーマンの一族なんだ」

「へえ、すごいですね」

「それで、じつはね」

「なんですか？」

「私も大山のあたりの住人なんだけど、じつは、私自身もシャーマンの末裔といえるんだよ」

「なんですって！」

「そうなんだ。小谷先生から由美さんのことを聞いたとき、びっくりした。由美さんの『深沢』という元の名字を聞いたとき、ピンと来なければいけなかったんだけどね。もとではつながっている」

「小谷先生にはそのことは？」

「私がシャーマンの末裔だということをのぞけば、由美さんに絡んでかなり詳しく話した」

「先生は、大山さんのことは知らないんですね」

「話してもよかったんだが、その時の本題から外れてしまう気がしたんでね」

小谷から由美が絡む夢の話などを聞いたとき、大山は由美の一族の正体に気づいたが、直感的に自分について話すことは控えた。

「でも、とても驚いた。由美さんの家系と私の家系は、いわゆる大山教団を支える二つの大きな集団なんだよ。由美さんがその一族の人間だということは知らなかった」

「ちょっと言葉を失いますね」

「そこでね」

「そこで？」

「こちらからの話なんだが、末裔ではあるけど、いまや私たちの流儀は、ほとんど消滅してしまっているんだ。非合法な部分も多いし、いまさら復活させる気もないんだけどね。でも、私自身は、少なくともトランスやシャーマンを現代的に話題にできる場所に身を置いていたい」

「それなら地中海クラブは最適ですよ」

「そうかもしれないな、となんとなく思ったんだ」

「私のほうも、なんとなく大山さんの感性の源がわかった気がします」

「私も亮くんに出会えて『こんな若者もいるのか』と、うれしかった。顧問はともかくとして、喜んで仲間にしてもらうよ」

「ありがとうございます」

「私や小谷先生の年代の人たちはね、シャーマンやその流れを継ぐヒッピーの文化に、ノスタルジーを覚える人が多いんだよ。心理学でもトランスパーソナル心理学が流行したり、ベトナム戦争の失敗で、戦後の価値の絶対基準だったアメリカが変容を始めたころでね。でも、理恵さんとか麻衣さんは、私なんかがうろうろして、大丈夫なのか」

「最初は『ちょっとね』という感じのようでしたが、なじんできたようですよ。理恵さんの家系もシャーマンですしね、沖縄系ですけど。最近では、自分のルーツに興味を持ち始めているようです」

「そうなのか。何かすごいグループだね」

「そうでしょうか」

「ところで亮くんは、この病院のまわりをうろうろしているのは、小谷先生に何か相談があるんじゃないのか？」

「わかりますか。じつは相談したいことがあります。というか、近づいてみたいんです」

亮は、大山に、じつは姉が小谷の患者で前から顔は知っていたこと、その縁で理恵に小谷を紹介したこと、そして、彼の夢想のなかで繰り返される次のことを話した。


——亮は疲れきったように自分の空間に閉じこもって、じっとしていることがよくある。なぜそうなってしまうのか、自分ではよくわからない。とにかくすべてから逃げ出して自分の最奥のからに閉じこもってじっとしていたいことがある。

そのことについて、専門家として、小谷に教えを請いたい気持ちもあるのだが、ある日、気づくとそのあなぐらのような空間の奥に、ひとりの初老の男がいるのに気づいた。男の肩には、ちょこんと少女が乗っていた。その男は亮と話すでもなく、顔もあげず、そこに座り続けていたが、しばらくしてやおらドアを開けて、光のまぶしい外に出ていってしまった。

このとき一瞬だけ亮は男の横顔を目にした。亮は小谷をはじめて見たとき、この男の横顔に似ていると思った。

「ほう、そんなことがあるのか」

大山も興味深げな表情を浮かべた。

「でも、麻衣と理恵さんと一緒に住むことになるので、そのうち小谷先生と話すチャンスもあると思います」

「なんだって？」

その言葉には大山も目を丸くした。

「私はいつもそういう状況にいたるんです」

「そういう状況とは？」

「なんというか、女性ばかりと私という状況です。私は父を知りません。母と二人の姉と私とで生きてきました。父はこの世のどこかで生きているはずですけど」

大山はこのとき、亮が背負っているものについて、いくらか感じることができた。

「亮くんのことは、またいつかゆっくり聞かせていただく必要がありそうだな」

「そう願います」

旅立ち

小谷は退院後の話し合いのため理恵と向き合っていた。

「これからどうしたいの？」

小谷が今後についてまず切り出した。

「その調子じゃあ退院して一人暮らしは難しいんじゃないのか?」

理恵の顔をのぞきこんだ。

「麻衣が一緒に住まないかと言ってくれています」

小谷は「なるほど」と言いたげにうなずいた。うなずいたあと少し考えているようだった。

「それはいいね」

小谷の顔がにこやかになった。麻衣となら、理恵は豊かな空間が保てるだろう、そう思った。

「亮も一緒に住みたいと言ってるんですが、それはどうでしょう?」

理恵は素直に告白した。小谷に告げないままでは不安が残ると思った。小谷はさすがにやや驚いたようだった。

「それは亮くんから申し入れてきたの?」

「そうです。亮から麻衣に話があったそうです。麻衣から私に『どうしよう』と確認がありました」

「理恵さんはどう思うの?」

「三人で一緒にやってみたいと思います。私ひとりではとても無理だし、それに……」

「それに?」

「たぶん、亮も私を必要としています」

小谷は、少し頭のなかを整理しているかのように間を置いた。そして口を開いた。

「いいんじゃないの。『地中海』だね」

理恵の心のなかには白い帆船と青い地中海が広がっていた。

「そうね、地中海……」

何年もさまよい続けた夢の航海をあとにして、新たな海に向かって漕ぎ出そうとしている。何かよくわからないが、新しいものが見えている。（亮の言うとおりだわ。やはり私は地中海向きなのね。エコサークル、がんばらなくっちゃ）理恵はそんな気持ちのなかにいた。

「ひとつお願いしていいかな？」

小谷が言葉を続けた。

「なんでしょうか？」

「由美さんが退院したあと、仮に退院できればだけど、一緒に面倒みてやってくれないか？ あの子はすぐに自宅には帰れない」

理恵は一瞬沈黙した。

「麻衣と亮に相談してみなくては。由美はそのことは了承しているんですか？」

「いいや。まだ何も話していない。私が考えているだけだ」

「でも、やはり少しだけ心配です」

「だいじょうぶだ。よく注意して由美さんの身体から発せられる暗い意識を見ていればいいんだよ。あの子はとても素直だ」

「もう、退院は近いんですか？」

「いや、まだまだ。というか、いつになるかわからない」

理恵は軽くうなずいた。


理恵の退院が決まったその日、小谷は、いつものように夕暮れに、由美を面接室に迎え入れた。

閉鎖病棟に移ってのち、由美の表情はずいぶん穏やかになった。

翌日、理恵は、麻衣に付き添われて、病院から旅立っていった。

エピローグ

その姿を見送りながら
小谷はそっと病棟に通じる
通路の奥に目をやった

その肩のあたりには
寄り添うようにSの影が舞っていた

由美も理恵も病棟を去ったが
小谷を苦しめ続けた

そこに潜むものの影は
いっこうに立ち去る気配もなく
鎮座していた

◆記述・着想にかかわる主な書籍

大谷純「MCHにて」（「定有」第5号）
フェルナン・ブローデル、浜名優美訳『地中海』（全十巻、藤原書店）
ガストン・バシュラール、前田耕作訳『火の精神分析』（せりか書房）
『現代詩手帖特集版 バロウズ・ブック』（思潮社）
エドワード・W・サイード、長原豊訳『フロイトと非‐ヨーロッパ人』（平凡社）
山下博司『ヒンドゥー教とインド社会』（山川出版社）
K・C・チャクラヴァルティ、橋本芳契・橋本契訳『古代インドの文化と文明』（東方出版）
P・ローゼン、馬場謙一・小松啓訳『フロイトの社会思想——政治・宗教・文明の精神分析』（誠信書房）
岩淵達治『シュニツラー』（清水書院）
ルドルフ・シュタイナー、高橋巖訳『オカルト生理学』（ちくま学芸文庫）
植島啓司『男が女になる病気』（集英社文庫）
イヴォンヌ・クニビレール、カトリーヌ・フーケ、中嶋公子・宮本由美他訳『母親の社会史——中世から現代まで』（筑摩書房）
ハインリッヒ・ロムバッハ、大橋良介・谷村義一訳『世界と反世界——ヘルメス智の哲学』（リブロポート）
黒沼健『古代大陸物語』（新潮社）
M・エリアーデ、石井忠厚訳『エリアーデ日記——旅と思索と人』（全二巻、未来社）
V・S・ナイポール、工藤昭雄訳『イスラム紀行』（全二巻、岩波書店）
J・M・G・ル・クレジオ、望月芳郎訳『メキシコの夢』（新潮社）

あとがき

この物語は、私が東邦大学大森病院で心身医学を学び、はじめて出向した武蔵野地区の病院での経験をもとにしたものである。この病院での経験は私にとって忘れ難いものであり、何らかの形でその情景を活写できないものかと考えていた。

その試みは、一九九〇年代、縁があってお仲間に加えていただいた鳥取市内の定有堂書店の奈良敏行さんが主宰されていたホームページに『アノレキシア』のタイトルで何回かその断片を掲載させていただいたことに始まる。連載が中座したあと、しばらく手つかずの状態になっていたのだが、人間総合科学大学に入職して間もなく、ほぼ同時期に大学に入られて研究室も隣同士だった宗教人類学の植島啓司先生との語らいの中で、「これはおもしろいね。完成させてみたらどうか」とコメントを頂いたことで、執筆を再開した。その後何度かまとめようとしたのだが、個人的な出来事も重なり、集中力を欠き、多くの時間を費やすことになってしまった。

作品は、病院風景の活写と自問自答を含む対話形式の思索部分からなる。思索部分は、アポリアの中での「医療がはらむ危険性」、私がいわば虜《とりこ》になった摂食障害の「意味」やフロイトの「実存と宗教性」についてなど多岐にわたる。これらは、私なりの知の冒険を続ける上でどうしても書きとめたかったことではあるが、結果として、思索部分と物語の融合にはずいぶん難渋し、書きにくさを抱えての作業が続いた。書き直しを繰り返す中で、タイトルも『アノレキシア』から『こころのトポロジー』、そして『摂食障害病棟』へと変遷していった。このたび、作品社の青木誠也氏のお力を借りてようやく上梓にたどりついた次第であるが、私の人生の旅路の中で、いずれ何らかの形で続編を著すことがあるかもしれない。この内容であれば、そのほうが自然な気もする。

最後に、東邦大学入局当時から現在にいたるまで心身医学の道で私を導き続けてくださった筒井末春先生、人間総合科学大学での生活に大きな潤いを与えていただいた植島啓司先生をはじめとする学内友好グループ「もののけ会」のメンバーの先生方、家族とお世話になったすべての方々に深い感謝を捧げたい。

二〇一一年三月

大谷　純

【著者略歴】

大谷純（おおたに・じゅん）

1954年鳥取県生まれ。岡山大学医学部卒業。医学博士。内科医として勤務後、東邦大学大森病院心療内科で心身医学を学ぶ。武蔵野中央病院内科医長、同病院にて日本初の「摂食障害病棟」を開設する。その後、横浜相原病院心療内科部長、JICA本部メンタル分野顧問医、人間総合科学大学大学院教授などを経て現在社団大谷医院理事長。著書にアスカロンシリーズとして『アスカロン、起源の海へ』、『アスカロン、魂の帰還』（以上作品社）、他に『癒しの原点』（日本評論社）、『プライマリケアと心身医療』（新興医学出版社）、共著書に『行動科学概論』、『心身医学』（以上紀伊國屋書店）などがある。

摂食障害病棟

2011年4月30日初版第1刷発行
2025年2月28日初版第3刷発行

著　者　大谷純

発行者　青木誠也

発行所　株式会社作品社

〒102-0072 東京都千代田区飯田橋2-7-4
TEL. 03-3262-9753　FAX. 03-3262-9757
https://www.sakuhinsha.com
振替口座00160-3-27183

編集担当　青木誠也
本文組版　前田奈々
装　幀　水崎真奈美（BOTANICA）
印刷・製本　シナノ印刷株式会社

ISBN978-4-86182-327-5 C0093

【作品社の本】

アスカロン、起源の海へ

大谷純

生命の根源に向かう旅、人類が歩んできた行程を問う旅
植島啓司氏激賞！

摂食障害を治療する医師とその患者らによる、人類の文明／宗教／文化の来し方そして行く末を訪ねる対話篇。現役の心療内科医が著した、鮮烈な書き下ろし長篇小説。

心療内科医として精神病棟に勤務し、患者らと交流を深めてきた著者にしか書けないストーリー。摂食障害、リストカットといったテーマはきわめて今日的ですが、たとえば拒食症について、著者は「この世のなかでうまくやっていくために自分のなかに取り込んだ、不純なものをすべて捨て去る」行為と理解してあげようとします。あくまでもその視線はやさしい。みなさんは生命の根源に向かう旅、人類が歩んできた行程を問う旅に出ることになるでしょう。

植島啓司（宗教人類学）

ISBN978-4-86182-583-5